U0492143

中外经典诗文课

中外经典诗歌五十课

ZHONGWAI JINGDIAN SHIGE WUSHIKE

周金荣 李韫琬 编著

北京师范大学出版集团
北京师范大学出版社

图书在版编目(CIP)数据

中外经典诗歌五十课 / 周金荣, 李韫琬编著. —北京：北京师范大学出版社，2018.5
ISBN 978-7-303-23619-0

Ⅰ. ①中⋯ Ⅱ. ①周⋯ ②李⋯ Ⅲ. ①诗歌欣赏－世界 Ⅳ. ①I106.2

中国版本图书馆 CIP 数据核字(2018)第 075098 号

营销中心电话　0537-4459916　010-58808015
电　子　信　箱　hdfs999@163.com

出版发行：北京师范大学出版社 www.bnup.com
　　　　　北京市海淀区新街口外大街 19 号
　　　　　邮政编码：100875

印　　刷：日照日报印务中心
经　　销：全国新华书店
开　　本：710 mm×1000 mm　1/16
印　　张：14.5
字　　数：196 千字
版　　次：2018 年 5 月第 1 版
印　　次：2019 年 7 月第 2 次印刷
定　　价：36.00 元

策划编辑：康长运　王秀环　　责任编辑：李云虎　赵玉珠
美术编辑：王秀环　　　　　　装帧设计：耿中虎
责任校对：李云虎　　　　　　责任印制：李　飞

版权所有　侵权必究
反盗版、侵权举报电话：0537-4459907
读者服务部电话：0537-4459903，4459916
本书如有印装质量问题，请与服务部联系调换。

序　言

美丽的遇见

王　君

在一线带班久了，日日孜孜以求的是学生语文素养的提升。所以，有一种遇见，成了我恒久的寻找和等待：遇见最好的语文人，遇见最好的语文书。

此刻，手捧这套"中外经典诗文课"系列丛书，我欣喜地感慨："我找到啦！"

先说说这套丛书。这套丛书扎实而灵动，丰富且雅致。

文学的经典，也是文化的经典。匆匆中乌飞兔走，历史文化的记忆总能在名篇佳作中深蕴；古往今来，无数经典诗文常是历尽劫波才得源远流传。它们闪烁着璀璨的人性光辉，饱含着丰富的思想内涵，虽越千古，却与今人之情感依然相通，哲理依然相寓，意境依然相映。与它们相遇，我们的生命也因之焕发出一抹灵动，珍存下一片净土，激荡着一份情怀。

阅读这些经典作品，就是与这些熠熠生辉的群星对话。抬头仰望，人类群星闪耀，在这茫茫星辰的海洋里，我们徜徉于浩瀚星云之中，勾勒其精神背景，寻味其文化意蕴，鉴赏其艺术风雅，汲取着知识，增进着阅历，也提升着自己的修养，启迪着自己的心灵。从宏观的发展学角度讲，阅读经典作品，不仅是每一个生命个体成长的需要，也是时代发展进步的需要。纵观当代社会，知识的传播速度得到空前发展，获得知识的途径也日新月异，然而信息泛滥和人心浮躁的弊病也随之而来，尤其在青少年群体中，这一问题愈加凸显。他们对于各种媒介信息信手拈来却又是非难辨，因此他们常将过多的时间和精力耗费在物质享受和精神放松上，而忽略了人文素养的提高和思想道德的完善。这已然是一个教育学问题，也是本书创作的动机之一。

社会的问题会深刻地渗透到学校教育领域。例如，在语文学科教学中所逐渐暴露出来的问题：重分数轻兴趣，重识记轻理解，重方法轻能力，重知识轻素养。思及人本主义心理学家亚伯拉罕·马斯洛在《动机与人格》中所说的，每个孩子都有对美、真理、正义等高级价值的本能需求，在良好的条件下，人们渴望表现出这些高级品质，如爱、慷慨、正直和信任等。这种潜能可以引导人的行为，让人逐渐自我完善。这是自我实现的倾向，亦是人之发展的本能趋向。然而现实教学中非常能体现人文精神的学科——语文，却失"人"、失"文"、亦失"语"了。

如果说教育学的发展史实质是教育问题的追问史，那么语文学科的发展历程即对语文教学问题的不断思考与探寻。其中，如何培养学生对语文的兴趣，如何提升学生的"语""文"能力，始终是教育学者思考的核心议题。虽然答案未必统一，但是基本的共识且存——阅读经典作品不失为一种最行之有效的方式，这仿若席勒所言，美给人以自由。经典作品之美就是为发展中的学生提供了恣意的空间，贮存了生命的能量。初高中语文新课程标准中也明确指出，要通过文学艺术作品的阅读、理解和鉴赏，增强学生审美能力，培养学生高雅情趣，提高学生道德修养，提升学生精神境界。说来容易做来难，如何将学生的课上课下阅读进行有机结合，如何将学生的知识学习和道德教育融为一体，如何将文本思想价值内化为学生行动，以什么为载体提升学生的语文素养和审美情趣，这也是广大教师和家长一直感到困惑的"时代之问"。

无论从学科发展角度，抑或从现实问题出发，这套"中外经典诗文课"系列丛书尝试着凭借历史上的诸多伟大心灵，及其超越时空的人格个性、心态情感、日常生活与艺术世界，来为当下的我们提供一种新的教育的可能。诗歌、小小说、散文是最为青少年所熟悉与感到亲切的文学艺术形式，也是提升学生语文素养的重要载体。"中外经典诗文课"系列丛书中所选作品是历代诗歌、小小说、散文中的经典之作，是作者高尚思想的凝聚和升华，诚如刘半农的《教我如何不想她》、海子的《面朝大海，春暖花开》、普希金的《假如生活欺骗了你》、契诃夫的《小公务员之死》、史铁生的《想念地坛》、余秋雨的《门孔》、莫言的《母亲》、川端康成的《花未眠》……丛书所选的这些经典作品所蕴含的内在价值对提升学生文学素养，完善学生品德修养，培养学生健全人格具有极其重要的作用。

"中外经典诗文课"系列丛书共三卷，分别是《中外经典诗歌五十课》《中外经典小小说五十课》《中外经典散文五十课》，以同学们喜闻乐见的形式呈现，不仅兼顾了选文的语言艺术价值，而且着重体现了作品的文化思想价值，注重了与学生文学接受能力的心理契合。正如英国青少年文学大师艾登·钱伯斯所言，每个作品所传达的，绝不是表面绚丽的文字或情节，而是其背后所蕴含的对生命的爱与期待。这套丛书编著的目的也绝不仅仅在于让同学们欣赏到优美的诗文名篇，更重要的是希望同学们将这些作品内化成成长的精神营养，指引自己未来人生的航程。

再说说两位语文人——"中外经典诗文课"系列丛书编著者李韫琬老师和周金荣老师。

在此之前，我并不认识她们。我只是因书而识人。

我惊叹于两位老师的才气和灵慧。

把这些经典作品整理入册不算太难，难的是编著者赋予自己的整理以什么样的呈现形式。我认为，这个呈现形式便是书的魂灵、书的个性，乃至于这套丛书和其他经典文本的不同之处了。

我看到了李韫琬老师和周金荣老师的非同寻常之处。

在这套丛书中，每篇文章都分为几个不同的部分，每部分都有其特定的作用。位于文章开篇的作者简介，能够让学生对作者有一个基本的了解；"小编有话"以言简意赅的语言，引导学生兴味盎然地步入阅读之旅；"师生在场"还原上课时的某些精彩片段，展示师生之间的智慧碰撞；"短句回响"则对经典作品进行进一步的扩展，以打开学生学习的视野，进而让学生达到"知类通达"的境界；"拓展阅读"给同学们提供了与作者相关的意蕴丰厚且饶有情趣的文章，让学生进一步了解作者，从更深的层次理解作品的丰富内涵与艺术特色。这样的功能划分不但让这套丛书具有了丰富的内容、多样的形式，而且还给一线教师提供了教学的样板。

李韫琬老师对传统文化有浓厚的兴趣和造诣，一直致力于中华传统文化的研究和传播；周金荣老师有20多年的一线教学经验，对诗歌、散文、小小说三种文体的教学一直用心实践，并取得了一定成效。这套丛书是她们苦心经营三载，在阅读大量资料，遍览中外无数诗文后，严格筛选编撰而成的。向李韫琬老师和周金荣老师致以深深的敬意！因奇书而识奇人，幸甚至哉！

无论是情感体验的浓郁深沉，还是生命意蕴的真挚深邃，抑或是艺术境域的澄澈深刻，诗文所触及的是世人最初的悸动，所体现的是文学最初的价值，所彰显的是先人至真、至悯、至旷的情怀。与经典诗文并肩前行，无论是春草萌动，还是落叶飘零，我们都能感觉到诗意的流动；与经典诗文并肩前行，无论将来是春风得意，还是身处逆境，我们都能保持内心的淡定和坚毅。经典诗文会让我们重拾生命最初的纯净和感动，会让我们的内心日益澄澈与坚忍，会让我们的生命闪烁永恒的爱的光芒。

经过两位编著者的努力，这套"中外经典诗文课"系列丛书终于能够与读者见面。希望这套丛书不会辜负读者的厚望，能够让读者提升审美，温润性情，涤荡心灵；希望更多爱好文学的朋友能细读深思，常有会心，更能与文结缘，思前所未思，发人所未发，体味品读经典的愉悦和幸福。

愿我们的这次相逢，是人生旅途又一次美丽的遇见。

（作者系清华大学附属中学语文特级教师，广东清澜山学校首席语文教师，王君青春语文名师工作室主持人）

目　录

刘半农
　　教我如何不想她 / 1
胡　适
　　梦与诗 / 5
郭沫若
　　天上的街市 / 9
徐志摩
　　雪花的快乐 / 13
　　再别康桥 / 15
闻一多
　　一句话 / 20
　　死　水 / 22
冰　心
　　繁星（五五）/ 26
　　春水（一六）/ 27
林徽因
　　笑 / 31
　　你是人间的四月天 / 33
冯　至
　　蛇 / 39
戴望舒
　　雨　巷 / 44
臧克家
　　三　代 / 50
　　有的人 / 52

卞之琳
　　　断　章 / 56
艾　青
　　　我爱这土地 / 60
田　间
　　　假使我们不去打仗 / 68
郑　敏
　　　金黄的稻束 / 72
周梦蝶
　　　蓝蝴蝶（节选）/ 77
木　心
　　　从前慢 / 82
余光中
　　　等你，在雨中 / 88
郑愁予
　　　错　误 / 94
席慕蓉
　　　一棵开花的树 / 99
傅天琳
　　　母　亲 / 106
食　指
　　　相信未来 / 110
北　岛
　　　回　答 / 116
舒　婷
　　　致橡树 / 122
　　　这也是一切 / 125
顾　城
　　　一代人 / 130
　　　门　前 / 131
　　　我是一个任性的孩子 / 134
汪国真
　　　热爱生命 / 141

目录

海　子
　　面朝大海，春暖花开 / 145
　　日　记 / 147
莎士比亚
　　你的长夏永远不会凋谢 / 151
普希金
　　假如生活欺骗了你 / 156
莱蒙托夫
　　帆 / 160
裴多菲
　　我愿意是急流 / 165
艾米莉·狄金森
　　灵魂选择自己的伴侣 / 171
泰戈尔
　　生如夏花 / 176
叶　芝
　　当你老了 / 182
罗伯特·弗罗斯特
　　未选择的路 / 186
里尔克
　　秋　日 / 191
　　严重的时刻 / 193
希梅内斯
　　我不再归去 / 198
纪伯伦
　　沙与沫（十八） / 203
聂鲁达
　　我喜欢你是寂静的 / 209
切斯瓦夫·米沃什
　　礼　物 / 213
詹姆斯·赖特
　　在明尼苏达州松岛威廉·杜菲的农庄躺在吊床上所作 / 218

刘半农

刘半农(1891—1934)，原名寿彭，后改名为复，字伴侬、半农，晚号曲庵，江苏江阴人。刘半农是"五四"时期文学革命运动中的一员勇将，是著名的文学家、诗人、语言学家、教育家。同时，他又是我国摄影艺术理论的奠基人。其所著《汉语字声实验录》荣获"康士坦丁·伏尔内语言学专奖"，也是我国第一个获此国际大奖的语言学家。

出版有诗集《瓦釜集》《扬鞭集》，其他著作有《半农杂文》《中国文法通论》《四声实验录》等，编有《初期白话诗稿》，另有译著《法国短篇小说集》《茶花女》等。

小编有话

时光悠悠，这首诗问世距今已经过去了将近一个世纪，可是，在我们心中涌动的那些情愫却不会老去。朋友，相信你的生命中也有那么一个人，也有那么一处地方，在微雨的黄昏，在不眠的夜半，让你久久萦绕心间，难舍难忘，教我们如何不想她。

教我如何不想她

天上飘着些微云，
地上吹着些微风。
啊！
微风吹动了我头发，
教我如何不想她？

月光恋爱着海洋，
海洋恋爱着月光。
啊！
这般蜜也似的银夜，
教我如何不想她？

水面落花慢慢流，
水底鱼儿慢慢游。
啊！
燕子你说些什么话？
教我如何不想她？

枯树在冷风里摇，
野火在暮色中烧。
啊！
西天还有些儿残霞，
教我如何不想她？

师生在场

师：诗中的"她"指的是谁呢？"教我"为什么不是"叫我"？

生A：当然是"恋人"。从文中"蜜也似的银夜"可以看出。

生B：也可能是"祖国"。这首诗是刘半农先生1920年在欧洲留学期间写的，那时，我们的祖国正在蒙难，作为一名爱国人士，刘先生的爱国之情远胜于个人情感。

师："她"究竟是谁？有人请教了将此诗谱曲的赵元任先生，赵先生说，是祖国。作为一首抒情诗，它的内涵应该非常广泛，爱国之情也好，男女爱恋之情也好，是她，还是他，不同的读者有不同的理解。

此外，关于"她"字还有一段来历。早年的白话文中，"他"被作为第三人称代词，通用于男性、女性及一切事物。1919年前后，有些文学作品用"伊"专指女性。鉴于这种混乱，刘半农创造了"她"字，指代第三人称女性，同时用"它"代称事物。这在当时的文化界成为轰动一时的新闻，"她"字首次正式用正是在这首诗中。

题目中的"叫我"和"教我"当时在不同的版本中不统一，有时用"叫我"，有时用"教我"，看来，那个时候它们可以作为同义词通用。

短句回响

1. 我与她至今不相识，正好比东海的云，关不着西山的雨。

——刘半农《尽管是……》

2. 大战过去了，我看见的是不出烟的烟囱，我看见的是赤脚的孩儿满街走！

——刘半农《柏林》

3. 秋风把树叶吹落在地上，它只能悉悉索索，发几阵悲凉的声响。

——刘半农《落叶》

4. 我们一切都完备，一切不恐慌，感谢我们的恩人自然界。

——刘半农《敲冰》

拓展阅读

刘半农的打油诗

刘半农曾将自己的书房命名为"桐花芝豆堂"，把自己的诗集名定为"桐花芝豆集"。实际上，刘半农什么堂都没有。虽然当时北京房价还不像今天这样高，不过刘半农实在不是个存钱的主儿，工资都用来淘书买书了，所以一辈子没能购房买车。由于整日租屋而居，所以刘半农不好意思在房东屋上挂匾。但写诗集，古来叫"堂"的居多，为了添些古味，刘半农便虚拟了此堂。然而这"桐花芝豆"却确有所指，梧桐、落花生、芝麻、大豆，这四种植物都可以打油。刘半农最喜欢做打油诗，所见所闻，无不可入诗，所以刘半农以其冠作自己书房、诗集之名。

那刘半农都打了些啥"油"？大体说来，刘半农作诗皆言之有物，多自我解嘲，并非附庸风雅、无病呻吟。刘半农的打油诗大多是送给自己的挚友亲朋的，钱玄同、周作人、徐志摩、胡适、毛子水等诸位民国大文人都曾一一"中招"，被刘半农作为其打油诗的素材。

1926年，赵元任将刘半农的《教我如何不想她》谱成曲，后在青年知识分子中广泛传唱。当时，赵元任的夫人杨步伟在北京女子文理学院任教，她的那些女学生们非常爱唱《教我如何不想她》。有一次，刘半农穿了一件中式的蓝布棉袍子来学校，有人说他就是刘半农教授。有些女学生们就偷偷议论道："我们心目中的刘半农要么如胡适般儒雅，要么似徐志摩般浪漫，要么像朱自清般清俊，这个矮身躯、方头颅、憨态可掬的土老头子，竟然会是创作出美妙歌词的作者？！"她们的话让杨步伟听到了，杨步伟就对这些女学生说："你们一天到晚都在唱的《教我如何不想她》，就是他写的呀。"女学生们听后都惊呆了，连连说："不像，不可能。"后来，这事让刘半农知道了，据说他为此还写了一首打油诗：

教我如何不想他，请来共饮一杯茶。
原来如此一老叟，教我如何再想他？

刘半农"求骂"

据说，刘半农为了编一本"骂人专辑"，曾在北京某报纸上刊登启事，征求全国各地的"骂人语言"。语言学家赵元任见到启事后，立即赶往刘半农的宿舍，用湖南、四川、安徽等地的方言把刘半农"痛骂"了很长时间。随后周作人也赶来，用绍兴话把刘半农"骂"了一顿。刘半农在大学里授课时，因向学生们征集"骂语"，宁波、广东的学生纷纷用方言"大骂"。后来，刘半农去拜访章太炎，章太炎也听说了他正在收集"骂人语言"，就用汉代、唐代的骂人话"骂他"，还告诉他这句话是谁说的，典出何处。就这样，两人一直从上午说到了中午。

胡 适

胡适(1891—1962)，原名嗣穈，学名洪骍，字希疆，徽州绩溪人。笔名胡适，字适之，著名思想家、文学家、哲学家，以倡导白话文、领导新文化运动闻名于世。

小编有话

有梦的人生才绮丽，有诗的人生才厚重。因为梦，因为诗，我们才能化腐朽为神奇，你我才成为更好的自己。亲爱的朋友，愿你今后的日子绮丽又厚重，有梦也有诗。

梦与诗

都是平常经验，
都是平常影象，
偶然涌到梦中来，
变幻出多少新奇花样！

都是平常情感，
都是平常言语，
偶然碰着个诗人，
变幻出多少新奇诗句！

醉过才知酒浓，

爱过才知情重；——
你不能做我的诗，
正如我不能做你的梦。

师生在场

师：胡适是中国新诗的开山者。1915年，他开始尝试写作白话诗，1920年出版了中国第一本白话诗集《尝试集》。

《尝试集》就是"尝试"白话诗的意思，其中以《梦与诗》和《四月二十五夜》等几首诗最为著名。

诗人仿佛拥有"梦"一般神奇的能力，可以将许多平常的"情感"和"言语"变幻出美妙的诗句来。作者想通过这首诗说些什么呢？哪个同学来谈一下自己的感悟？

生A：这首诗写"爱过才知情重"，我觉得有点儿像是爱情诗，但又不太像。

生B：诗的前两节分别写"梦"和"诗"，是并列关系，最后一节点明诗的主旨。

生C：这是一首哲理诗，我做我的诗，你做你的梦。我认为作者是想说人只有积极热情地投身于自己的事业或者爱好，才能体会到真正的乐趣的道理。

师：C同学说得很好，凡事都要倾情投入，才可能取得一定成就。这首诗第一节说梦来自平常的经验和影像，第二节说诗来自平常的情感和言语，作者在此应该是重在表达自己文艺创作的观点，即文艺作品的创作离不开个人的生活经验和切身感受。诗的第三节最妙，"醉过才知酒浓，爱过才知情重"这两句与古人的"少年不识愁滋味""为赋新词强说愁"有异曲同工之妙。人世的一切经验，只有局中人方知其中味，真是如人饮水，冷暖自知。只有全情投入，我们才能体会其中的妙趣。

短句回响

1. 也想不相思，可免相思苦。几次细思量，情愿相思苦。

——胡适《生查子》

2. 翠微山上的一阵松涛，惊破了空山的寂静。山风吹乱了窗纸上的松痕，吹不散我心头的人影。

——胡适《秘魔崖月夜》

3. 大胆的假设，小心的求证；认真的做事，严肃的做人。

——胡适

4. 无目的读书是散步而不是学习。

——胡适

5. 你要看一个国家的文明，只消考察三件事：第一，看他们怎样待小孩子；第二，看他们怎样待女人；第三，看他们怎样利用闲暇的时间。

——胡适

6. 一个肮脏的国家，如果人人讲规则而不是谈道德，最终会变成一个有人味儿的正常国家，道德自然会逐渐回归；一个干净的国家，如果人人都不讲规则却大谈道德，谈高尚，天天没事儿就谈道德规范，人人大公无私，最终这个国家会堕落成为一个伪君子遍布的肮脏国家。

——胡适《道德和规则》

7. 做学问要在不疑处有疑，待人要在有疑处不疑。

——胡适

8. 一句好话可以影响无数人，一句坏话可以害死无数人。

——胡适《人生问题》

拓展阅读

幽默的胡适

在学术界，胡适怕老婆是出了名的。当时就流传着这样一个胡适怕老婆的笑话。据说，胡适巴黎的朋友给了胡适十几个法国的古铜币，铜币上印着"PTT"三个字母，胡适看了，笑着对朋友说："这不就是'怕太太'吗？等将来成立一个'怕太太'协会，这些铜币正好用来做会员的证章。"

胡适因是当时著名的学者，所以经常被约到大学去演讲。在讲演中他常常引用孔子、孟子等人的话。每当引用到孔子的话时，他就在黑板上写上"孔说"，引用到孟子的话时，他就写上"孟说"。最后，他发表自己的意见时，就在黑板上写上"胡说"，引得下面听讲者哄堂大笑。

胡适与卖饼小贩的故事

1959年10月23日，时任台湾"中央研究院"院长的胡适收到一封陌生人的来信，写信人叫袁瓞，是一个在台北街头以叫卖芝麻饼为生的年轻人。他在信中咨询胡适，英国的内阁制与美国的总统制哪个好。不抱希望的袁瓞居然在两天后收到了胡适的回信，信中胡适针对他提出的问题发表了自己的看法，并表示为他关心政治感到高兴，信中还说如果袁瓞有需要帮忙的事，他愿意给予帮助。胡适还请袁瓞去他的寓所做客，并送给袁瓞一些书。此后，胡适和袁瓞不断进行书信来往，两人成了忘年交。

胡适鼓励袁瓞："你身居茅屋而心怀天下，最难得的是一片赤子之心！"有一次，袁瓞向胡适提到自己鼻子里有一个瘤，担心是癌。胡适马上给台大医院院长高天成写信，说："我的好朋友袁瓞前往贵院诊断，一切治疗费用由我负担。"

1962年2月24日，胡适因心脏病突发猝死，袁瓞闻讯后悲痛万分，第一时间赶制挽联赴殡仪馆吊唁。他含泪说："今生今世我再难遇到先生这样的人了！"

郭沫若

郭沫若(1892—1978)，原名郭开贞，字鼎堂，号尚武，四川乐山人，中国现代著名诗人、学者、文学家、历史学家、古文字学家、社会活动家、剧作家、革命家，是我国新诗的奠基人。主要作品有诗集《女神》《凤凰涅槃》等，历史剧《屈原》《棠棣之花》《王昭君》《蔡文姬》《武则天》等。

小编有话

1921年10月24日的那个夜晚，郭沫若一个人漫步在海边，当时，中国正处于半殖民地半封建社会的黑暗时期，他愤恨，他迷茫。那晚，诗人仰望美丽的天空，星光闪闪，他似乎从那璀璨的星空中找到了自己的理想，任凭心灵在天国乐园中驰骋畅游。朋友，仰望星空，带给我们多少绮丽的想象，而我们的理想就是在这样的仰望中渐渐清晰的，我们的心灵就是在这样的仰望中得以丰盈的。

天上的街市

远远的街灯明了，
好像闪着无数的明星。
天上的明星现了，
好像点着无数的街灯。

我想那缥缈的空中，

定然有美丽的街市。
街市上陈列的一些物品，
定然是世上没有的珍奇。

你看，那浅浅的天河，
定然是不甚宽广。
那隔着河的牛郎织女，
定能够骑着牛儿来往。

我想他们此刻，
定然在天街闲游。
不信，请看那朵流星，
那怕是他们提着灯笼在走。

师生在场

师：地上有星一样的灯，天上有灯一样的星，诗人通过两个互换本体与喻体的比喻句，将天与地连成一体。诗人用"街灯"和"明星"来象征什么？抒发了诗人怎样的情感？

生 A：诗人写这首诗时正在日本留学，对祖国的思念，对理想的迷茫，让他借助美丽的星空来抒发心中的理想世界。

生 B："无数的街灯"和"无数的明星"都是美好事物的象征，诗人借此来抒发自己对美好事物的追求和向往之情。

生 C：这首诗运用想象的表现手法，将世上的街灯想象成天上的明星，将天上的明星想象成世上的街灯，把流星想象成牛郎织女提着灯闲游，抒发了诗人对自由幸福生活的向往和追求。

师：在诗人看来，无限的宇宙蕴含在有限的个体生命之中。当有限的个体生命与无限的宇宙生命建立起密不可分的精神链接时，人们不仅要用眼睛眺望夜空，更要用自己的心灵感受夜空。《天上的街市》是一首清朗隽美的夜歌，是诗人向往的一幅"平和洁净"的精神图画。

短句回响

1. 假使春天没有花，人生没有爱，到底成了个什么世界？
——郭沫若《梅花树下醉歌》
2. 读不在三更五鼓，功只怕一曝十寒。
——郭沫若
3. 一万个口惠而实不至的泛交，抵不过一个同生死共患难的知心。
——郭沫若《人类进化的驿站》
4. 太阳虽还在远方，海水中早听着晨钟在响。
——郭沫若《女神之再生》
5. 我们人人要存着必胜的决心，然而我们也要不怕屡败的挫折。
——郭沫若《抗战与觉悟》
6. 人是活的，书是死的。活人读死书，可以把书读活。死书读活人，可以把人读死。
——郭沫若《游太湖蠡园为游人题词》
7. 但是那金钱的魔力实在不小，它已经吃遍全世界的穷人。
——郭沫若《金钱的魔力》
8. 不朽的途径有很多，然而精神总是一致的，那就是对于恶势力的不妥协。
——郭沫若
9. 宽不必善，猛不必恶，惟在性之所用。为人而除害人者，则愈猛而愈善；对害人者而容纵之，则愈宽而愈恶。
——郭沫若

拓展阅读

郭沫若巧对对联

据说，郭沫若从小聪明过人。有一天，他的私塾老师钓鱼归来，余兴未尽,就在黑板上写下"钓鱼"二字,对学生说:"你们看这'钓鱼'二字,前一字是动词,后一字是名词,组成了动宾结构的词组,现在我要求你们按照同样的格式,组成一副对联,谁能对出来?"

郭沫若当时刚看过杨香打虎救父的故事,于是站起身,脱口而出:"打虎。"

"对得好!"老师没想到六岁的郭沫若竟然有如此敏锐的才思,当即狠狠地表扬了他一番。

还有一次,郭沫若和其他同学偷偷地跑到学校后面的寺庙里,偷吃老和尚种的桃子,和尚发现后找到老师反映情况。老师非常生气,他拿着戒尺,板着面孔,训斥学生道:"昨日偷桃钻狗洞,不知是谁?"他看学生都非常害怕,就改了语气,缓缓地说:"我刚才出的是一副对联的上联,谁能对出下联,谁就可以免罚。"

郭沫若一听,高兴地说:"他年攀桂步蟾宫,必定有我!"老师听后惊喜万分,免了对全班同学的惩罚。此后,同学们更佩服他了。

郭沫若的"一字师"

1942年,郭沫若的历史剧《屈原》在重庆公演,获得了极大的成功。但他并不满足,仍然一遍又一遍地修改着剧本。一次,他和婵娟的扮演者张瑞芳谈到婵娟斥责宋玉的一句台词——"你是没有骨气的文人!"他总觉得这句话不够味,想在"没有骨气的"后再加上"无耻的"三个字。当时扮演钓者的张逸先听到了,说:"'你是'不如改成'你这','你这没有骨气的文人',那就够味了。"郭沫若听了大受启发,认为改得非常恰当,就照做了。郭沫若对此铭记在心,为此,他还在一篇文章中详细叙述了这件事,文章的标题就是"一字之师"。

徐志摩

徐志摩(1897—1931)，原名章垿，字槱森，留学英国时改名为志摩，浙江海宁硖石人。新月派代表诗人，新月诗社成员，散文家，代表作品有《再别康桥》《翡冷翠的一夜》。徐志摩的诗作神思飘逸，华美灵动，朱自清形容他的诗是"跳着溅着昼夜不舍的一道生命水"。

1931年11月19日，徐志摩因飞机失事遇难身亡，时年35岁，被认为是诗坛上的一颗流星。蔡元培为其撰写挽联："谈话是诗，举动是诗，毕生行径都是诗，诗的意味渗透了，随遇自有乐土；乘船可死，驱车可死，斗室生卧也可死，死于飞机偶然者，不必视为畏途。"

小编有话

亲爱的朋友，生命就像是一场旅行，旅途中充满了未知。当现实世界摧毁了你的理想，当你的灵魂深受囚禁之苦，不要忘了保持雪花般的快乐，为爱，为自由，为美去飞舞。如果不能长久，那我只要曾经拥有。

雪花的快乐

假如我是一朵雪花，
翩翩的在半空里潇洒，
　　我一定认清我的方向——
　　飞扬，飞扬，飞扬——
这地面上有我的方向。

不去那冷寞的幽谷，
不去那凄清的山麓，
　　也不上荒街去惆怅——
　　飞扬，飞扬，飞扬——
你看，我有我的方向！

在半空里娟娟的飞舞，
认明了那清幽的住处，
　　等着她来花园里探望——
　　飞扬，飞扬，飞扬——
啊，她身上有朱砂梅的清香！

那时我凭借我的身轻，
盈盈的，沾住了她的衣襟，
　　贴近她柔波似的心胸——
　　消溶，消溶，消溶——
溶入了她柔波似的心胸！

师生在场

师：这是一首至纯至美的诗。在这里，诗人被彻底抽空，雪花代替诗人出场，但这是被诗人意念填充的雪花，被诗人灵魂穿着的雪花，这是灵性的雪花。请同学们给雪花前加一个词，即"××的雪花"。

生A：欢快的雪花，自由的雪花。

生B：坚定的雪花，执着的雪花。

师：诗人用"雪花"这一意象代指什么呢？结合上面同学们提到的词语理解。

生C：雪花是自由的、快乐的象征，诗人向往雪花的自由和快乐。

生D：诗人借雪花的坚定，表达了自己对爱情和美好生活的执着追求。

师：大自然的音籁与人类灵魂深处的美令诗人唱出《雪花的快乐》，可以说，写诗的过程本身就是灵魂飞扬的过程。诗人曾在他的《猛虎集》序文中写道："诗人也是一种痴鸟，他把他的柔软的心窝紧抵着蔷薇的花刺，口里不住的唱着星月的光辉与人类的希望，非到他的心血滴出来把白花染成大红他不住口。他的痛苦与快乐是浑成的一片。"从这里，我们可以体会到这首诗是诗人的灵魂在歌唱。

小编有话

亲爱的朋友，感谢你的阅读，下面继续我们的心灵之旅吧。可以说康桥滋养了徐志摩，也唤醒了徐志摩。1928年，他故地重游。带着理想幻灭的感伤，以及对母校的挚爱和依恋，他在归途的海上写下了这首美不胜收的离别之歌。但是一切离愁别绪终将成为过去。挥别，是结束，亦是开始……

再别康桥

轻轻的我走了，
　正如我轻轻的来；
我轻轻的招手，
　作别西天的云彩。

那河畔的金柳，
　是夕阳中的新娘；
波光里的艳影，
　在我的心头荡漾。

软泥上的青荇，
　油油的在水底招摇：
在康河的柔波里，

我甘心做一条水草！

那榆阴下的一潭，
　　不是清泉，是天上虹
揉碎在浮藻间，
　　沉淀着彩虹似的梦。

寻梦？撑一支长篙，
　　向青草更青处漫溯，
满载一船星辉，
　　在星辉斑斓里放歌。

但我不能放歌，
　　悄悄是别离的笙箫；
夏虫也为我沉默，
　　沉默是今晚的康桥！

悄悄的我走了，
　　正如我悄悄的来；
我挥一挥衣袖，
　　不带走一片云彩。

师生在场

　　师：徐志摩的诗歌具有很强的艺术感染力，他一直推崇闻一多"音乐美、绘画美、建筑美"的诗学主张。下面，请同学们从艺术特色方面赏析一下这首诗。

　　生 A：这首诗运用了虚实相间的手法，"金柳""波光""青荇"是实写，"彩虹""长篙""星辉"是虚写，虚实结合，描绘出了清新的画面和唯美的意境，然后巧妙地将感情融入其中。

生B：诗人善于捕捉鲜明、生动的意象，比如西天的云彩，河畔的金柳，河中的波光艳影，还有那软泥上的青荇，用意象营造意境，从而抒发情感。

师：刚才同学们所说的体现了诗歌"三美"中绘画美的诗学主张。绘画美指诗歌语言美丽、富有色彩，可以为我们构建出色彩明丽的画面。诗歌讲究绘画美，古已有之。我国古代就有诗画同源的传统，诗与画常常相得益彰，相映生辉。徐志摩的这首诗虽为新诗，但也体现出了独特的绘画美，这主要表现为油画外表与写意内涵的完美融合。

生C：通过新奇、贴切的比喻，诗人将"河畔的金柳"比作"夕阳中的新娘"，将清澈的潭水比作"天上虹"，情景交融，增强了诗歌的感染力。

师：同学们在发言中又谈到了诗歌意象，我们在以后的诗歌学习中会经常用到"意象"这个词。意象是诗歌的灵魂，《中国诗歌艺术研究》中说："意象是融入了主观情意的客观物象，或者是借助客观物象表现出来的主观情意。"不管意象是客观物象还是主观情意，它都不是一般的物象，它渗透着诗人的情思，具有艺术生命。这首诗中出现的意象有云、柳等。以柳为例，这里的柳树除了是动人的新娘外，还被寓以送别之意。我国古人有折柳送别的习惯，后来柳便成为古代送别诗歌中的传统意象，许多诗人都曾以柳咏别。例如，王维《送元二使安西》中的"渭城朝雨浥轻尘，客舍青青柳色新"；晏殊《踏莎行》中的"垂杨只解惹春风，何曾系得行人住"。康河河畔随风摆动的细柳似与诗人牵手话别，情柔意绵。

生D：这首诗结构严谨，错落有致，音韵上二、四句押韵，读来朗朗上口。同时，语言清新，意境优美，体现了徐志摩的诗美主张。

师：结构严谨，错落有致，这体现了诗学的建筑美。诗歌建筑美指诗歌通过文字排列呈现出的美感。汉字是方块字，每个字所占空间是固定的，所以可以利用汉字的这一特点，使诗歌在外形上给我们留下直观的美感。

这首诗还通过巧妙地把握节奏、恰当地使用押韵，体现出"回环往复"的音乐美。音乐美是对诗歌的音节而言的，诗歌音节和谐，节奏感强，读起来就会朗朗上口。

短句回响

1. 谁说做人不该多吃点苦！——吃到了底才有数。

——徐志摩《两地相思》

2. 我将于茫茫人海中访我唯一灵魂之伴侣；得之，我幸；不得，我命，如此而已。

——徐志摩《致梁启超》

3. 最是那一低头的温柔，像一朵水莲花不胜凉风的娇羞。

——徐志摩《沙扬娜拉一首》

4. 诗不仅是一种分娩，它并且往往是难产！

——徐志摩

5. 我的思想是恶毒的因为这世界是恶毒的，我的灵魂是黑暗的因为太阳已经灭绝了光彩。

——徐志摩《毒药》

拓展阅读

才子徐志摩的恋爱史

诗人徐志摩的恋爱史与婚变和他的文学作品一样轰动于世。

徐志摩出生于浙江一个富裕家庭，他的原配夫人叫张幼仪。婚后，徐志摩出国留学，在英国遇到了才貌出众的林徽因，一见钟情，但是林徽因并没有答应他的追求。

徐志摩回到家里，开始对自己的妻子表示了公开的嫌弃。张幼仪知道无法挽回，被迫签字离婚。徐志摩离婚后马上去找林徽因，可是林徽因却悄然回国，不久便与梁启超的长子梁思成正式结婚。

徐志摩留学回到北京后，常与朋友王赓相聚。王赓的妻子陆小曼是一个漂亮的才女，徐志摩又开始追求陆小曼。最后，徐志摩和陆小曼结婚。徐志摩的父母中止了对徐志摩的经济供给，并且根本不见陆小曼，所以徐志摩和陆小曼结婚后经济拮据。陆小曼生活散漫奢侈，徐志摩要东奔西跑去兼课赚钱。徐志摩在北京大学上课，他希望陆小曼从上海搬到北京来，可是陆小曼喜欢打牌、跳舞、看戏，迷恋上海的生活，不肯离开。徐志摩对此非常不满，夫妻俩经常吵架。

1931年11月，徐志摩听说林徽因将于19日在北京举行演讲会。他兴奋地搭机赶往北京去捧场，结果途中飞机失事，这位才子去世时才三十五岁。

徐志摩的原配夫人张幼仪和徐志摩离婚后，入德国学校学习，专攻幼儿教育。五年后学成回国，在上海一家女子银行任副总裁，并且经营了一间服装公司，均大获成功。她在百忙中还请了一位国学老师给自己讲解孔孟之道，每天一小时，从不间断。她不忘中国传统美德，离婚后作为干女儿照顾徐志摩的父母，为他们送终。徐志摩罹难后，张幼仪每月还寄钱给陆小曼。台湾版的《徐志摩全集》就是在她的策划下编辑出版的。

闻一多

闻一多(1899—1946)，本名闻家骅，字友三，湖北黄冈浠水人。他短暂的一生，充满了爱国主义激情，集诗人、学者、民主战士于一身。他是新月诗社成员，也是新格律诗的开创者和实践者。他提倡新诗要融合音乐美、建筑美、绘画美，强调诗人应"戴着脚镣跳舞"，一度影响了20世纪20年代的诗风。他与梁实秋合著《冬夜草儿评论》，其诗集《红烛》《死水》为现代诗坛经典之作。1925年3月，在美国留学的闻一多创作了组诗《七子之歌》，表达了真挚的爱国之情。

小编有话

闻一多曾说，一个诗人主要的天赋是爱，爱他的祖国，爱他的人民。1925年，他回国后，看到的是封建军阀统治下的黑暗现实和民不聊生的景象，他愤恨、不满，渴望改变旧中国。于是，他把对祖国的一片赤诚之心转化为这首诗歌。朋友，让我们高兴的是，有那么一句话，我们不用在心头按了又按，不用在舌底压了又压，现在我们能自豪地对全世界说："咱们的中国！"

一句话

有一句话说出就是祸，
有一句话能点得着火。
别看五千年没有说破，
你猜得透火山的缄默？

说不定是突然着了魔,
突然青天里一个霹雳
爆一声:
"咱们的中国!"

这话教我今天怎么说?
你不信铁树开花也可,
那么有一句话你听着:
等火山忍不住了缄默,
不要发抖,伸舌头,顿脚,
等到青天里一个霹雳
爆一声:
"咱们的中国!"

师生在场

师:诗歌中的词语和句子,往往有着非常广泛的内涵,如这首诗中的"祸""火""火山""咱们的中国"等。请同学们朗读后谈一下这些词句背后所蕴含的思想情感。

生A:第一节中,通过"祸"与"火""火山"的比喻,诗人想说的是当时广大人民群众思想被压制的痛苦和悲哀,表达了诗人对现实的强烈不满。

生B:"发抖""伸舌头""顿脚"等一系列动作描写,写出了那些对中国未来缺乏信心的人,面对社会天翻地覆的变化时表现出的恐慌,间接地写出了诗人对美好未来的坚定信心。

生C:"铁树开花"比喻"咱们的中国"终会成为事实,表明诗人对民众的觉醒和旧中国必将改变的坚定信念。

生D:诗人两次吟咏"咱们的中国",强烈地表达出诗人对光明、美好的新中国的向往和追求。

师:闻一多自称"东方老憨",但他内心有一团火,情感丰富,热情洋溢，像一座表层冰冷内蕴火焰的"没有爆发的火山"。这种特殊性格在诗中亦有典型的表现。他崇尚"节制"美学，主张"戴着脚镣跳舞"，他的现代格律诗往往将火热的情感加以浓缩，包裹在一个外壳冰冷的特定的艺术境界里。在《一句话》这首诗里，他把对于人民当家做主的渴望和对于光明、美好的新中国的追求，浓缩在"咱们的中国"这句平常的话里。

小编有话

亲爱的朋友，诗歌总是带着深深的时代的烙印。当闻一多看到他深爱的祖国正在蒙难，看到百姓流离失所，而他又对这一切束手无策时，他只能希望这死水一样的世界多一些恶贯满盈后的自取灭亡。恨和爱永远是一体的，戴着脚镣跳舞，绝望中终会开出希望的花。

死 水

这是一沟绝望的死水，
清风吹不起半点漪沦。
不如多扔些破铜烂铁，
爽性泼你的剩菜残羹。

也许铜的要绿成翡翠，
铁罐上锈出几瓣桃花；
再让油腻织一层罗绮，
霉菌给他蒸出些云霞。

让死水酵成一沟绿酒，
漂满了珍珠似的白沫；
小珠们笑声变成大珠，
又被偷酒的花蚊咬破。

那么一沟绝望的死水，
也就夸得上几分鲜明。
如果青蛙耐不住寂寞，
又算死水叫出了歌声。

这是一沟绝望的死水，
这里断不是美的所在，
不如让给丑恶来开垦，
看它造出个什么世界。

师生在场

师：同学们是如何理解"死水"这一意象的？诗人借"死水"要表达什么呢？

生A："死水"在这首诗中象征着黑暗的旧社会、腐败丑恶的现实。

生B：诗人把"死水"写得如此污浊、腐臭，表现了诗人对现实社会的憎恨和绝望。

生C："爱之深"才"责之切"，诗人的鞭挞、讽刺和诅咒其实是一种对祖国和人民更深切的爱的体现。诗人义愤填膺的背后是对美好生活、光明未来和充满生机与活力的新世界的召唤。

师：在《死水》一诗中，诗人把愤怒失望的情绪包裹在"死水"这一隐蔽的象征中，故意把丑的东西美化，借此来抒发他的爱国之情。正如朱自清曾说的："黑暗中隐藏着光明，绝望中蕴蓄着希望。"这就是闻一多爱国诗的力量之所在。如果《死水》写成呐喊式和诅咒式的诗，就达不到这种震撼人心的效果了。

短句回响

1. 但是他们掳去的是我的肉体，你依然保管着我内心的灵魂。三百年来梦寐不忘的生母啊！请叫儿的乳名，叫我一声"澳门"！

——闻一多《七子之歌·澳门》

2. 我爱中国固因他是我的祖国，而尤因他是有他那种可敬爱的文化的国家。

——闻一多

3. 你反正不能屈服他，因为他有着一个铁的生命意志，而铁是愈锤炼愈坚韧的。

——闻一多《从宗教论中西风格》

4. 人家说了再做，我是做了再说；人家说了也不一定做，我是做了也不一定说。

——闻一多

5. 书要读懂，先求不懂。

——闻一多

6. 呕出一颗心来，——在我心里！

——闻一多《发现》

拓展阅读

闻一多刻印章补贴家用

20世纪40年代，在昆明国立西南联合大学当教授的闻一多先生，薪水不足以养家，生活难以维持。他曾到中学兼课挣钱以补贴家用，但只教了一年，就被学校以"向学生散布民主自由思想"的罪名开除。朋友出主意，让他刻印章。不过靠熟人弄来的小生意几乎挣不到钱，情急之下，闻一多备了一张桌子，打算去设摊。

闻一多的印摊只摆了一天，就被人劝了回来。可是不摆摊，一家人怎么生活？最后，校长梅贻琦联络朱自清、沈从文等教授，联名在报纸上为闻一多刊登刻印广告，让他在家里"设点"代人刻印。

昆明人有收藏象牙章的爱好，加之又是大学教授亲手刻印，闻一多的生意便源源不断。

最后一次讲演

1937年7月7日，卢沟桥事变爆发。在国立西南联合大学，闻一多的声望和影响日益增长，他成为民主教授群体的代表。1945年12月1日，国民党当局调动武装特务军警，冲入西南联大和云南大学校园，残酷镇压爱国学生，死四人，伤数十人，制造了震惊中外的"一二·一"惨案。

1946年3月17日，人们举行"一二·一"四烈士出殡游行和公葬仪式。当日，三万人参加游行队伍，闻一多始终走在游行队伍的最前列，他在安葬仪式上悲愤地指出："我们今后的方向是民主。我们要惩凶，凶手们跑到天涯，我们追到天涯；这一代追不了，下一代继续追。血的债是要用血来偿的。"

1946年6月，蒋介石彻底撕毁停战协定和政协决议，国民党政府开始血腥镇压爱国民主运动。1946年7月11日夜，李公朴被国民党特务暗杀。这时的昆明气氛异常紧张，有消息说下一个暗杀对象就是闻一多，许多朋友劝他避一避。但是闻一多却大义凛然地说："决不能向敌人示弱，如果说李先生一死，我们的工作就停顿了，将何以对死者，何以对人民！"

1946年7月15日上午，在云南大学召开的李公朴先生遇难经过报告会上，混入会场的国民党特务乘机捣乱。闻一多见状拍案而起，发表了气壮山河、永垂青史的《最后一次讲演》。他绝决地说："你们杀死了一个李公朴，会有千百万个李公朴站起来！你们将失去千百万的人民！"

当天下午，闻一多又参加为李公朴暗杀事件举行的记者招待会。在返回西仓坡宿舍途中，闻一多遭国民党特务多人狙击身亡。闻一多这个激情的诗人，这个热血的战士，用自己的生命谱写了一曲响彻云霄的民族正气之歌！

冰　心

冰心(1900—1999)，原名谢婉莹，福建长乐人，现代著名作家、诗人、散文家、儿童文学家、翻译家、社会活动家。20世纪初，冰心开始写作无标题的自由体小诗，这些晶莹清丽、轻柔隽逸的小诗，后结集为《繁星》和《春水》出版，被人称之为"冰心体"。其作品以歌颂母爱、童年和大自然为主，笔调柔和细腻，略带忧伤色彩，手法含蓄委婉，语言则清新明丽。"冰心"这个笔名，取自诗句"一片冰心在玉壶"。

小编有话

亲爱的朋友，人前有多光鲜，人后就有多心酸。结果是过程的累积，回头看啊，回头看。我不祝你好运，我只祝你坚持下去。

繁星(五五)

　　成功的花，
　　　人们只惊慕她现时的明艳！
　　然而当初她的芽儿，
　　　浸透了奋斗的泪泉，
　　　洒遍了牺牲的血雨。

师生在场

师：《繁星》是冰心的第一部诗集，用诗人自己的话说，是将一些

"零碎的思想"收集在一个集子里。它是诗人"回忆时含泪的微笑",有快乐中的甜蜜,也有烦闷中的痛苦。今天我们学的这首《繁星(五五)》,就是其中的一首。这首简短的小诗告诉了我们什么?

生A:不要羡慕别人的成功,要看到别人为成功付出的代价,努力奋斗才是人生的第一要义。

生B:诗人把人生事业的成功比作"花",把成就事业的起步阶段比喻为花的"芽儿",把辛劳比喻为培养花的"泪泉",把自我牺牲比喻为滋润花的"血雨",让我们对"成功""奋斗"有了较全面的认识。冰心用诗化的语言形象地概括出成功和奋斗、牺牲的关系,用从芽到花的成长过程说明成功来之不易。

师:诗人自幼就广泛接触了中国古典小说和外国文学译作,好读书、读好书为冰心以后的文学创作打下了坚实的基础,也促使她后来开始尝试写诗。冰心的小诗清新隽永,自然景象的描写不事雕琢,意念的捕捉浑然天成,人生哲理的叙述水到渠成。

小编有话

亲爱的朋友,相信你曾经有过苦恼,也有过心烦意乱的时候,可是,我们的那些苦恼和心烦意乱是否值得呢?让我们听听冰心是怎么说的。

春水(一六)

心呵!
什么时候值得烦乱呢?
为着宇宙,
为着众生。

师生在场

师:《春水》是凝聚着冰心对人生的思考和感悟的哲理性诗集。她用微带忧愁的温柔的笔调,述说着心中的感受,同时,也苦苦探寻着世界与生命之谜。今天我们学的这首诗，就是其中的一首。下面请同学们从内容和主旨两方面发表自己的见解。

生：这首小诗告诉我们，人心应该为什么而烦恼。其实，古人早就告诉过我们：先天下之忧而忧，后天下之乐而乐。一个人的伟大之处就是，不囿于个人的悲喜，放眼天地，关注苍生。这提醒我们，要树立远大的目标和高远的理想。

师：康德说只有两件事情让他心生敬畏——头顶的星空和心中的道德律。它与冰心的"为着宇宙，为着众生"有异曲同工之妙。只有心中有爱的人，才能写出深情的语句；只有反复地诵读体味，才能体会诗歌的丰富情感。希望同学们在阅读文学作品的时候，能以一颗虔诚的心细细品味，这样我们才能真正悟出作品的主旨。

短句回响

1. 冠冕？是暂时的光辉，是永久的束缚。

——冰心《繁星（八八）》

2. 冷静的心，在任何环境里，都能建立了更深微的世界。

——冰心《繁星（五七）》

3. 世界上，来路便是归途，归途也成来路。

——冰心《迎神曲》

4. 愿你生命中有够多的云翳，来造成一个美丽的黄昏。

——冰心

5. 爱在右，同情在左，走在生命路的两旁，随时撒种，随时开花，将这一径长途，点缀得香花弥漫，使穿枝拂叶的行人，踏着荆棘，不觉得痛苦，有泪可落，也不是悲凉。

——冰心《寄小读者》

拓展阅读

童年好学的冰心

冰心四岁时，就在母亲和舅舅杨子敬的督促下，开始读书认字。

母亲教她"字片"，舅舅教她课本，并给她讲《三国演义》中的故事。她七岁时，开始读《三国演义》，又陆续读了《水浒传》《聊斋志异》，还常把书中的故事讲给别人听。冰心还把自己所有的零花钱都拿来购买了林纾翻译的欧美小说，在七岁时就开始接触外国文学作品。

十岁时，冰心又学了《论语》、《左传》、唐诗，很快就能背诵许多著名的诗篇，并开始学作对联。十一岁时，她已看完了全部的"说部丛书"。十二岁时，她考入福州女子师范学校预科，开始了新的读书生活。

童年的阅读为冰心以后的文学创作打下了坚实的基础，后来当她开始尝试文学创作时，一出手就震惊了文坛。1919年9月18日至22日，《晨报》以连载的形式，发表了署名为"冰心"的一篇"问题小说"——《两个家庭》，"冰心"这个名字很快在中国文坛名声大振。连她的老师周作人在讲新文学课时，也把冰心的作品作为范文来分析，说现在文坛上流行"冰心体"，却不知道冰心就是他的学生——燕京大学的谢婉莹，正坐在教室听讲呢！

正是读书成就了冰心的文学事业。

冰心与吴文藻

冰心和丈夫吴文藻的蜜月是在北京西山一个破庙里度过的。结婚那天，冰心在燕京大学讲完课，换了一件蓝旗袍，把随身用品包了一个小布包，往胳肢窝一夹就去了。到了西山的那个破庙里，新郎吴文藻还没来。

冰心就在那儿等，等得时间长了，口渴了，她就在不远处的农户家买了几根黄瓜，跑到井旁洗了洗，坐在高高的庙门槛上吃。他们结婚的新房是庙后的一间破屋，门都插不牢，晚上屋里经常有老鼠。桌子有一条腿也残了，晃晃荡荡，可是他们生活得很快乐。

婚后，冰心总不免问丈夫吴文藻对自己究竟感情如何。为了剖白心迹，吴文藻索性弄了个大号相框，把冰心的照片镶进去，放在自己桌子上。冰心看了，果然大为满意。

不过，到底是作家，心眼比别的女孩子多半个，冰心觉得吴文藻实在不像这样的情种,忍不住问道:"你把我的照片放在桌子上,真的会看吗?"

"我天天都看的。"吴文藻信誓旦旦地说。

于是,过了些日子,冰心就悄悄地把照片换成了阮玲玉的。可怜的吴博士接连几天都没有发现。

林徽因

　　林徽因(1904—1955)，福建闽县(今福州)人，出生于浙江杭州，中国著名建筑师、诗人、作家。她是中国第一位女建筑家，也是人民英雄纪念碑和中华人民共和国国徽深化方案的设计者之一。林徽因的代表作为《你是人间的四月天》。林徽因几乎标志着一个时代的颜色，出众的才，倾城的貌，情感生活也像一个春天的童话，幸福而浪漫。

小编有话

　　这是最自然的、最美丽的、最纯粹的、最神圣的笑。这样的笑，就像水的波纹，荡漾开，流淌到你我的心间。这样的笑能彼此点燃，彼此照亮。微微一笑，倾国倾城。亲爱的，愿你也有这样的微笑和品格。

笑

笑的是她的眼睛，口唇，
和唇边浑圆的漩涡。
艳丽如同露珠，
朵朵的笑向
贝齿的闪光里躲。
那是笑——神的笑，美的笑：
水的映影，风的轻歌。

笑的是她蓬松的鬈发，
散乱的挨着她耳朵。
轻软如同花影，
痒痒的甜蜜
涌进了你的心窝。
那是笑——诗的笑，画的笑：
云的留痕，浪的柔波。

师生在场

师：这首诗是林徽因早期的代表作，也是新月诗派的佳作。新月诗派，其特点之一就是通过象征性形象和意境去暗示诗人心灵世界的某种感受。在这首《笑》中，诗人捕捉到了"笑"的美丽瞬间，将笑写得细腻传神，撩人心魄。下面，请同学们自由发表读后感。

生A：这首诗结构上突出了建筑美。全诗共两节，每节字数、标点都相同。全诗基本押韵，有一种韵律美和节奏感，符合闻一多提出的"三美"，即"音乐美、绘画美、建筑美"。

生B：写法上虚实结合。每节前两行都是实写，后五行则是虚写，"艳丽如同露珠""轻软如同花影"，这是诗人由笑联想的内容，是诗人对内心感受的描摹。

生C：诗人在写"笑"的时候运用了通感的手法，"漩涡"喻酒窝，酒窝是静止的，而"漩涡"则是流转不已的。"她蓬松的""散乱的挨着她耳朵"的鬈发都在笑。笑从视觉渐次转入听觉，不仅有了声响，而且有了形状，从而给人以具体真切的感受。

生D："神的笑，美的笑""诗的笑，画的笑"，这是一种笑态，更是一种心态。

师：刚才同学们分析得都非常到位。这首诗散发着女性独有的情感魅力，深深吸引和打动着我们：美丽中不乏含蓄，清新中深藏缠绵，明快中显露爱怜。正如诗人自己曾言："写诗，或可说是要抓紧一时闪动的力量，一面跟着潜意识浮沉，摸索自己内心所萦回，所看重的情感——喜悦、哀思、忧怨的恋情，或深，或浅，或缠绵，或热烈……"一代才女，用行动实践着自己的这一创作理念，借"笑"这一载体，体现了人存在的纯美与纯真，也彰显了诗人纯粹高洁的人格世界。

小编有话

爱是最美的语言，只有深爱的心，才会写出最灵动感人的诗篇。亲爱的朋友，愿你美艳如人间的四月天。

你是人间的四月天

——一句爱的赞颂

我说你是人间的四月天；
笑响点亮了四面风；轻灵
在春的光艳中交舞着变。

你是四月早天里的云烟，
黄昏吹着风的软，星子在
无意中闪，细雨点洒在花前。

那轻，那娉婷，你是，鲜妍
百花的冠冕你戴着，你是
天真，庄严，你是夜夜的月圆。

雪化后那片鹅黄，你像；新鲜
初放芽的绿，你是；柔嫩喜悦
水光浮动着你梦期待中白莲。

你是一树一树的花开，是燕
在梁间呢喃，——你是爱，是暖，
是希望，你是人间的四月天！

师生在场

师：关于这首诗，人们有两种说法。一说是为悼念徐志摩而作，借以表示对挚友的怀念；一说是为儿子梁从诫的出生而作，以表达对儿子的希望和儿子出生带来的喜悦。不过我们可以放下这些争论，因为这首诗的深刻价值不需要任何外在的东西来支撑。这首诗的魅力和优秀并不仅仅在于意境的优美和内容的纯净，还在于形式的纯熟和语言的华美。这首诗捕捉意象巧妙，表达情感细腻，从不同角度写"人间的四月天"，请同学们赏析一下。

生A：1～3句写四月天的轻灵光艳，抽象的"风"被"笑响点亮"，诗人调动所有感官来体悟，由听觉到视觉再到感觉。越是"交舞着变"，越是爱得深切。

生B：4～6句写四月天的轻柔恬静。"云烟"是静态美，"吹着"的"风"、"闪"动的"星子"、"洒在花前"的"细雨"是动态美。动静结合，爱无处不在。

生C：7～15句写了四月天的鲜妍庄严和清新柔嫩。"鹅黄""新鲜""柔嫩""燕/在梁间呢喃"，"你是爱，是暖，/是希望，你是人间的四月天"，这些温馨美好的意象生机勃勃。诗人是想告诉我们，深刻厚重的美，是美而不娇，艳而不俗，既庄严又天真。

生D：这首诗运用重重叠叠的比喻，意象美丽而无雕饰之嫌，愈加衬出诗中的意境和纯净，表现出诗人内心的欢欣与喜悦，同时也流落出诗人对爱的深切期盼。

师："一身诗意千寻瀑，万古人间四月天。"林徽因，爱能爱到至深至纯，诚又诚到如醉如痴。让我们永远记住《你是人间的四月天》这首诗，让四月天带给我们永恒的春天，让四月天在我们心中留下最美的记忆。

短句回响

1. 记忆的梗上，谁不有/两三朵娉婷，披着情绪的花。

——林徽因《记忆》

2. 如果我的心是一朵莲花，正中擎出一支点亮的蜡，荧荧虽则单是那一剪光，我也要它骄傲的捧出辉煌。

——林徽因《莲灯》

3. 昨天又昨天，美/还逃不出时间的威严。

——林徽因《题剔空菩提叶》

4. 难怪她笑永恒是人们造的谎。

——林徽因《"谁爱这不息的变幻"》

5. 你有理由等待更美好的继续。

——林徽因《写给我的大姊》

6. 像个灵魂失落在街边，我望着十月天上十月的脸。

——林徽因《十月独行》

7. 车开始辗动了，世界仍然在你窗子以外。

——林徽因《窗子以外》

拓展阅读

他人眼中的林徽因

她很美丽，很有才气。

——冰心

徐志摩的女朋友是另一位思想更复杂、长相更漂亮、双脚完全自由的女士。

——张幼仪

欧洲文艺复兴时期，曾出现过像达·芬奇那样的多面手。他既是大画家，又是大数学家、力学家和工程师。林徽因则是在中国的文艺复兴时期脱颖而出的一位多才多艺的人。她在建筑学方面的成绩，无疑是主要的，然而在诗歌、小说、散文、戏剧等方面，也都有所建树。

——文洁若

她天生是诗人气质，酷爱戏剧，也专学过舞台设计，却是她的丈夫建筑学和中国建筑史名家梁思成的同行，表面上不过主要是后者的得力协作者，实际却是他灵感的源泉。

——卞之琳

绝顶聪明的小姐。

——沈从文

能够以其精致的洞察力为任何一门艺术留下自己的印痕。

——费慰梅

她是具有创造才华的作家、诗人，是一个具有丰富的审美能力和广博智力活动兴趣的妇女，而且她交际起来又洋溢着迷人的魅力。在这个家，或者她所在的任何场合，所有在场的人总是全都围绕着她转。

——费正清

"太太客厅"逸事

20世纪30年代，林徽因住在北京东城区总布胡同时，她家的客厅名为"太太客厅"。当时，一批文坛名流巨子，包括朱光潜、梁宗岱、金岳霖等，常聚集在这里，一杯清茶，一些小点心，谈文学，说艺术，驰骋于古今中外文学艺术的海洋中。

在"太太客厅"里，林徽因一直是最活跃的人物，读诗，辩论，她的双眸因为这样的精神会餐而闪闪发光。朋友是林徽因生活中的重要组成部分，她的优秀与卓越也是因为有他们的欣赏和激励。

作家萧乾就是在"太太客厅"里认识林徽因的。那天，还是燕京大学三年级学生的萧乾穿了一件新洗的蓝布大褂，与沈从文一起来到"太太客厅"。萧乾早就听说林徽因的肺病很严重了，想象中她应是一脸病容；谁知当他看到林徽因时，不禁呆住了。只见她穿了一套骑马装，显得美丽动人，像个运动员。原来她时常和朋友到外国人办的俱乐部去骑马。林徽因对萧乾说的第一句话是："你是用感情写作的，这很难得。"这话给了萧乾很大的鼓励。沈从文是常常到林徽因家去的，他从小在湘西长大，有着非常丰富的生活底子。林徽因非常喜欢他的作品，因为那里有着很离奇的情节、很特别的人物，都是她闻所未闻的。沈从文碰到一些事，也会跑到林徽因家去寻求安慰。有一天，沈从文差不多是哭着赶到林徽因家的，说他的妻子张兆和回苏州娘家去了，他每天都给妻子写信，但得不到理解。

1932年，林徽因和梁思成夫妇结识了美国朋友费正清和费慰梅夫妇，他们两家恰巧住在同一条胡同里。费正清说："中国对我们产生了巨大的影响，而梁氏夫妇在我们旅居中国的经历中起着重要作用。"有时，费正清夫妇一起到梁家去，会看到林徽因和梁思成在"太太客厅"朗诵中国的古典诗词。那种抑扬顿挫、有板有眼的腔调，直听得客人入了迷。他们还能将中国的诗词和英国诗人济慈、丁尼生或者美国诗人维切尔·林赛的作品进行比较。费正清曾和他们谈起哈佛广场、纽约的艺术家及展品、美国建筑师弗兰克·劳埃德·赖特、剑桥大学巴格斯校园。由于费慰梅有修复拓片的爱好，因此与林徽因夫妇更有共同的语言了。

林徽因

李健吾

足足有一个春天，我逢人就打听林徽因女士的消息。人家说她害肺病，死在重庆一家小旅馆里，境况似乎很坏。我甚至于问到陌生人，人家笑我糊涂。最后，天仿佛有意安慰我这个远人，朋友忽然来信，说到她的近况，原来她生病是真的，去世却是误传了。一颗沉重的心算落下了一半。

为什么我这样关切，因为我敬重她的才华，希望天假以年，能够让她为中国文艺继续有所效力。在中国现存的知名女作家里面，丁玲以她的热和力的深厚的生命折倒了我，凌叔华淡远的风格给我以平静，萧红《生死场》的文字像野花野草一样鲜丽，直到最近，杨绛以她灵慧的文静的观察为我带来更高的希望。

林徽因才华的显示不是任何男女所可企及的，然而命运似乎一直在为难她的倔强的心性。

绝顶聪明，又是一副赤热的心肠，口快，性子直，好强，几乎妇女全把她当作仇敌。我记起她亲口讲起的一个得意的趣事。冰心写了一篇小说《太太的客厅》讽刺她，因为每星期六下午，便有若干朋友以她为中心谈论时代应有的种种现象和问题。她恰好由山西调查庙宇回到北平，带了一坛又陈又香的山西醋，立时叫人送给冰心吃用。她们是朋友，同时又是仇敌。她缺乏妇女的幽娴的品德。她对于任何问题都感兴趣，特别是文学和艺术方面，具有本能的直接的感悟。生长富贵，命运坎坷；修养让她把热情藏在里面，热情却是她生活的支柱；喜好和人辩论——因为她爱真理，但是孤独、寂寞、抑郁，永远用诗句表达她的哀愁。

当着她的谈锋，人人低头。叶公超在酒席上忽然沉默了，梁宗岱一进屋子就闭拢了嘴，因为他们发现这位多才多艺的夫人在座。杨金甫（《玉君》的作者）笑说："公超，你怎么尽吃菜？"公超放下筷子，指了指口若悬河的林徽因。一位客人笑道："公超，假如徽因不在，就只听见你说话了。"公超抗议道："不对，还有宗岱。"

现在，到什么场合寻找她的音容？她和丈夫抛弃闲适的客厅生活，最先去了昆明。这一对身体残弱的学者艺人，有的是饱满的精神。她是林长民的女公子，梁启超的儿媳。其后，美国聘请他们夫妇去讲学，他们拒绝了，理由是应当留在祖国吃苦。

然而，也恰恰就是这样的林徽因，既耐得住学术的清冷和寂寞，又受得了生活的艰辛和贫困。沙龙上，作为中心人物被爱慕者如众星捧月般包围的是她，穷乡僻壤、荒寺古庙中，不顾重病、不惮艰辛与梁思成考察古建筑的也是她；早年以名门出身经历繁华，被众人称美的是她，战争期间繁华落尽困居李庄，亲自提了瓶子上街头打油买醋的还是她；青年时旅英留美、深得东西方艺术真谛，英文好得令费慰梅赞叹的是她，中年时一贫如洗、疾病缠身，仍执意要留在祖国的又是她。这样的林徽因，也许才是最可纪念并且最应该为后世所记住的。

冯 至

冯至(1905—1993),原名冯承植,河北涿州人,现代诗人、翻译家、学者。主要作品有诗集《昨日之歌》《十四行集》《十年诗抄》等,散文集《山水》《东欧杂记》等,历史小说《伍子胥》,传记《杜甫传》等。鲁迅曾称赞他是"中国最优秀的抒情诗人"。

冯至曾担任中国作家协会副主席、中国外国文学学会会长等多项社会科学学术团体领导职务。冯至还是瑞典、德国、奥地利等国科学院外籍院士或通讯院士,获得过德国"大十字勋章"等多项奖项。

小编有话

情不知所起,一往而深。我是这般小心翼翼地爱着你,而你却一无所知。就让你的梦和我的梦相连,希望我热切的思念得到你热情的回应,愿天下有情人终成眷属。

蛇

我的寂寞是一条蛇,
静静地没有言语。
你万一梦到它时,
千万啊,不要悚惧!

它是我忠诚的侣伴,
心里害着热烈的乡思:

　　　　它想那茂密的草原——
　　　　你头上的、浓郁的乌丝。

　　　　它月影一般轻轻地
　　　　从你那儿轻轻走过；
　　　　它把你的梦境衔了来，
　　　　像一只绯红的花朵。

师生在场

　　师：冯至说，他创作此诗曾受到德国唯美主义画家比亚兹莱的一幅黑白线条画的启发，那"画上是一条蛇，尾部盘在地上，身躯直长，头部上仰，口中衔着一朵花"。诗人觉得这蛇"秀丽无邪，有如一个少女的梦境"，于是诗人将少年对爱情的热烈向往想象为一条蛇，将少女的梦境想象为一朵"绯红的花朵"。下面，请同学们谈一下对这首诗的理解。

　　生A：这首诗用"蛇"来比喻"寂寞"，突破了人们常规的审美，又用"茂密的草原"比喻恋人"头上的、浓郁的乌丝"。诗的最后用"月影"的比喻，不仅写出了蛇的轻盈、迅捷，也写出了它的灵性。本诗的三次比喻大胆、新奇，只这一点就使诗歌奇崛不凡。

　　生B：我觉得这首诗更为奇异的是"它把你的梦境衔了来，像一只绯红的花朵"。这一比喻指"我"的乡思得到了"你"娇羞却热烈的情感回应，"绯红的花朵"刚好与前面蛇的冰冷意象形成鲜明的对比。

　　生C：诗人在诗中用的是"乡思"而不是"相思"，它比"相思"的意义更为丰富。蛇害的是一种怀乡病，那"茂密的草原"才是它的故乡，才是它生命的归宿。诗中"你"是一个诗的对话者，一个寄托了诗人的全部渴望和爱的对象。

　　师：何其芳曾这样评价冯至早期的诗作："用浓重的色彩和阴影来表达出一种沉郁的气氛，使人读后长久为这种气氛所萦绕。"这正是《蛇》这首诗带给我们的感受。

冯 至

短句回响

1. 社会在变，许多人变得不成人形，但我深信有许多事物并没有变。

——冯至《忆平乐》

2. 它们融容自得，仿佛与死和解了。

人之可贵，不在于任情地哭笑，而在于怎样能加深自己的快乐，担当自己的痛苦。

——冯至《忘形》

3. 用急躁等待将来，用后悔回顾过去，都等于扼杀现在。

——冯至《歌德的格言诗》

4. 不要觉得一切都已熟悉，/到死时抚摸自己的发肤/生了疑问：这是谁的身体？

——冯至《我们天天走着一条小路》

5. 你像是一个灿烂的春/沉在夜里，宁静而黑暗。

——冯至《给亡友梁遇春》

拓展阅读

冯至：学贯中西的一代宗师

20世纪中国的各类风云人物大多在19世纪末20世纪初纷纷诞生，在这个风云榜中，我们很容易就能找到诗人兼学者冯至的位置。作为诗人，他学生时代出版的抒情诗集《昨日之歌》与《北游及其他》就瞩目于诗坛，被鲁迅誉为当代"中国最优秀的抒情诗人"。

冯至先生是"学贯中西"的一代宗师。他既有国学的扎实功底，又有西学的深厚造诣。他不但能用母语写出优美的诗歌、散文，而且具有古文的过硬基础，所以他对中国古典文学也相当谙熟，尤其对杜甫的研究卓有成就，以至于拥有权威性的发言权。他翻译的里尔克《给一位青年诗人的十封信》最早向中国读者介绍了这位世界级的现代诗人，对中国现代诗歌的发展产生了深远影响。

冯至先生给我们留下的宝贵遗产，除了他的小说、诗歌等文学作品与著述以外，还有他严谨的治学精神。凡是他自己确立的研究项目，他从来不从书本到书本，引经据典地生吞活剥，快速成文成书，而是依据自己丰富的创作实践和长期的生命体验，将自己的灵魂融入研究对象，做出令人感佩的解读和阐释。他的外国文学研究的代表作《论歌德》，篇幅不长，约十五万字，但是它的诞生前后断续达四十年！

冯至先生虽然掌握丰富的母语功力，但无论是诗文还是译作，他都从不滥用生花妙笔，铺张辞藻，而是文如其人，朴实无华。他曾赞扬布莱希特的文字"简练"得"几乎不能增减一字"。20世纪50年代，有一次，他在前民主德国文艺界的朋友的陪同下去柏林的名人公墓扫墓。他带去一个花圈，原想献给著名诗人、原民主德国文化部长贝歇尔，但他发现，附近有一块不足一米高的未经雕琢的三角形石头，上面只有贝尔托·布莱希特的德文名字，连生卒年都没有。他激动不已，临时决定将这个花圈敬献在布莱希特的墓前。是的，布莱希特的文风乃至他的日常生活，包括墓碑，就是这样简朴得不能再简朴了。

佳作链接

深夜又是深山

深夜又是深山，
听着夜雨沉沉。
十里外的山村、
念里外的市廛，

它们可还存在？
十年前的山川、
念年前的梦幻，
都在雨里沉埋。

冯　至

四围这样狭窄，
好像回到母胎；
我在深夜祈求

用迫切的声音：
"给我狭窄的心
一个大的宇宙！"

戴望舒

戴望舒(1905—1950)，曾用笔名梦鸥、江思、信芳等，浙江杭县人，著名诗人，中国现代象征派诗歌的代表。叶圣陶盛赞他"替新诗开创了一个新纪元"，代表作为《雨巷》，因此，他又被誉为"雨巷诗人"。诗集有《我底记忆》《望舒草》《望舒诗稿》《灾难的岁月》等。其诗以诗境的朦胧美、语言的音乐美和诗体的散文美为主要特色。

戴望舒精通法语、西班牙语和俄语等欧洲语言，一直从事欧洲文学的翻译工作，是首个将西班牙诗人洛尔卡的作品翻译成中文的人。

小编有话

朋友，今天看这首诗，你是否觉得太凄凉沉郁呢？在戴望舒眼中，丁香姑娘是美好理想的化身。他在失望中渴望希望的出现，他期盼阴雨中升起绚丽的彩虹。在人生的某个时段，我们也会遇到寂寥又悠长的雨巷，我们也会迷惘感伤，但是请相信，终有一天，我们会走到一个宽阔而又洒满阳光的地方。前提是，你要耐心等待。

雨　巷

撑着油纸伞，独自
彷徨在悠长，悠长
又寂寥的雨巷，
我希望逢着
一个丁香一样的

结着愁怨的姑娘。

她是有
丁香一样的颜色，
丁香一样的芬芳，
丁香一样的忧愁，
在雨中哀怨，
哀怨又彷徨；

她彷徨在这寂寥的雨巷，
撑着油纸伞
像我一样，
像我一样地
默默彳亍着，
冷漠，凄清，又惆怅。

她静默地走近
走近，又投出
太息一般的眼光，
她飘过
像梦一般的，
像梦一般的凄婉迷茫。

像梦中飘过
一枝丁香的，
我身旁飘过这女郎；
她静默地远了，远了，
到了颓圮的篱墙，
走尽这雨巷。

在雨的哀曲里，
消了她的颜色，
散了她的芬芳，
消散了，甚至她的
太息般的眼光，
丁香般的惆怅。

撑着油纸伞，独自
彷徨在悠长，悠长
又寂寥的雨巷，
我希望飘过
一个丁香一样的
结着愁怨的姑娘。

师生在场

师：《雨巷》描绘了梅雨时节江南的雨中小巷，通过"雨巷""油纸伞""丁香"等意象，构成一个富有浓郁象征意味的抒情意境。雨巷凝重悠长，油纸伞伴其前行，丁香姑娘或可相遇，这三个意象构成了一幅流动的、朦胧的写意画面，如在眼前，又好像在梦境。它如同一部抒情的微电影，"我"与丁香姑娘两个角色交替出现或同时出场，"丁香一样"的姑娘是所有情绪的集结点，是诗歌所言之"志"。

在前面诗歌的学习中，我们已了解了"意象"。古人讲"立象以尽意"，诗人借助客观外物来表达主观情感；又讲情景交融，以达到物我两忘的境界。

下面，请同学们默读这首诗，读后讨论《雨巷》中象征主义手法的运用。

生A："丁香姑娘"可以看作诗人的理想爱人的化身，也可以看作诗人所追求的理想，而"雨巷"则可以看作诗人所处的社会生活环境的象征。

生 B：《雨巷》所写的故事，除了可以看作一个爱情故事外，也可以看作作者追求理想而不得的象征。而诗人的感情，除了可以看作对爱情失败的咏叹外，也可以看作诗人对于理想破灭的悲悼。

师：《雨巷》是戴望舒的代表作品之一，诗人借雨巷想表达什么思想？

生 C：这首诗作于 1927 年夏天，发表于 1928 年。当时全国处于白色恐怖之中，戴望舒参加进步活动失败，对未来充满了迷惘的情绪和朦胧的希望。《雨巷》一诗就是他当时心境的体现。

生 D：《雨巷》一诗反映了诗人及当时一部分进步青年在理想幻灭后的痛苦和追求，以及迷惘感伤又有所期待的情感。

师：《雨巷》一诗朦胧而不晦涩，低沉而不颓唐，深情而不轻佻，确实把握了象征派诗歌艺术的幽微精妙之处。诗人确信诗歌意象直接通向读者那"微细到纤毫的感觉"的神经，有了绝好的意象，诗人"巧妙的笔触"便会变为"绝端的微妙——心灵的微妙与感觉的微妙"。

短句回响

1. 我夜坐听风，昼眠听雨，悟得月如何缺，天如何老。

——戴望舒《寂寞》

2. 诗的韵律不在字的抑扬顿挫上，而在诗的情绪的抑扬顿挫上，即在诗情的程度上。

——戴望舒

3. 诗是由真实经过想象而出来的，不单是真实，亦不单是想象。

——戴望舒

4. 因为一切好东西都永远存在，它们只是像冰一样凝结，而有一天会像花一样重开。

——戴望舒《偶成》

5. 假如有人问我烦忧的原故，我不敢说出你的名字。

——戴望舒《烦忧》

6. 走六小时寂寞的长途，到你头边放一束红山茶，我等待着，长夜漫漫，你却卧听着海涛闲话。

——戴望舒《萧红墓畔口占》

拓展阅读

雨巷愁侣：戴望舒的爱情故事

1935年5月的一天，在穆家宽敞的客厅里，戴望舒与18岁的穆丽娟相识了。穆丽娟早就听哥哥穆时英说起过戴望舒和他的诗，也早就把他那首《雨巷》背得烂熟于心，可当面对眼前那个高大挺拔的身影时，她还是羞涩地低下了头。

秀美典雅的穆丽娟一下子打动了才子戴望舒，他的目光迟迟难以收回，她，不就是他梦里寻找千百度的丁香姑娘吗？

穆时英早就有意介绍戴望舒与妹妹相识。那段时间，戴望舒正为另一个叫施绛年的变心女子而痛心不已。施绛年是他的初恋女友，两人已相恋8年。8年后，施绛年抛却旧情，移情别恋。穆丽娟的出现，让戴望舒的内心又掀起了狂涛巨浪，此后，穆家客厅里便常常出现戴望舒的身影，而在戴望舒的住处，人们也常见娇小的穆丽娟在伏案抄写稿件。一来二去，他们的爱情瓜熟蒂落。

1936年的初夏，一场婚礼在上海四川路新亚饭店隆重举行。身着洁白婚纱的穆丽娟依偎在西装革履的戴望舒身边，接受着亲朋好友的声声祝福。婚后的岁月是甜蜜的，戴望舒创作出一大批脍炙人口的作品，由他主编的《新诗》诗刊也正式创刊。

不幸的是，这样的幸福岁月却被烽烟战火打散，那是关乎民族存亡的多事之秋。随着日军全面侵华战争的深入，一度繁华的上海沦为一座孤岛，越来越多的文化人士为了保全战斗力量，选择了举家南迁香港。1940年，戴望舒携家人到香港避难。他原本打算把家人安顿好后就回内地，以文字为武器继续宣传抗战。但就在他决定离开之时，一份诚挚的邀请函让他留了下来，《星岛日报》副刊主编的职位在等着他，在那里他可以尽情发挥才干，还可以借机扩大他的抗日宣传。穆丽娟陪着戴望舒留了下来，在薄扶林道边那幢漂亮的二层小楼里，他们度过了最后一段还算幸福的时光。

在外人的眼里，他们仍旧是琴瑟和鸣的一对。但其实，他们之间已面临很多问题：年龄的差距、性格的差距、阅历的差距……戴望舒的工作正在如火如荼地展开，他没有时间来考虑这些问题。在他的眼里，穆丽娟就是一个没长大的孩子，他爱着她养着她就足够了。

天天躲在家里的穆丽娟却不再这么想了。丈夫的世界里似乎只有工作和书，这让她开始怀疑自己当初的选择。更让她无法接受的是，那个叫施绛年的女子似乎从来就没有离开过丈夫的生命。在由戴望舒作词的《初恋女》那首歌里，他这样写道："你牵引我到一个梦中，我却在另一个梦中忘记你。"穆丽娟固执地以为那就是戴望舒的心声，争吵由此而起。年轻的穆丽娟在一次又一次的争吵猜疑中，对他们的感情失去了信心。

1940年冬天，随着穆丽娟母亲的去世，一段世人眼里的美满婚姻，逐渐走向解体。1943年1月，二人离婚。戴望舒于1950年病逝于香港，穆丽娟则在上海僻静的弄堂里静静地度过了余下的岁月。

臧克家

臧克家(1905—2004)，山东潍坊诸城人，现代诗人，曾用名臧瑷望，笔名少全、何嘉。他是闻一多的学生，被誉为"农民诗人"，主要作品有《烙印》《罪恶的黑手》《运河》《从军行》《淮上吟》《随枣行》等。

小编有话

亲爱的朋友，在 20 世纪二三十年代的旧中国，农民过着面朝黄土背朝天的生活。诗人用短短二十一个字，便刻画出了旧中国一家三代人的形象，折射出世世代代生活在土地里的农民的生活和命运。从诗中，我们不难看出诗人不仅有对农民的同情，更有礼赞，同时还带给我们深深的思考。想必你读后，心里也有酸酸的沉重感吧！

三　代

孩子
在土里洗澡；
爸爸
在土里流汗；
爷爷
在土里埋葬。

师生在场

师：《三代》这首诗二十一个字，三个人物形象，构成了一幅祖孙三代与泥土打交道的生活图画，把旧中国农民受苦受难的形象刻画得淋漓尽致。全诗运用了一组排比句，一气呵成，浑然一体。请同学们谈一下自己的阅读体会。

生A：我第一次读的时候感觉索然无味，可是再读，就非常同情旧中国的农民。他们在土里生，在土里劳作，最后埋葬在土里，循环往复，这是旧中国农民的悲哀。

生B：虽然时代进步了，社会发展了，可是现在的农村还有很多农民以土地为生。他们在土地上劳作，靠着土地延续着自己的生活，也延续着全国人民的生命，土地成为他们灵魂中不可分割的一部分。

生C：在读这首诗时，我们不仅仅为那个时代农民的境遇和贫苦的命运感到悲哀，同时还要发现诗歌带给我们的深层思考，我们要看到诗歌中隐藏的力量，一种要改变现状、崛地而起的力量！

师：诗中"土里"一词重复出现，它浸透着辛勤劳作的农民对土地的执着追求。从诗人笔下的这幅祖孙三代与土地打交道的生活图画，我们看到的不仅仅是一个农民家庭的命运，而且是对长达数千年的农民命运的集中概括。诗中那一辈子面朝黄土背朝天的形象，那世世代代与土地为伴的艰辛，那"寿终正寝"葬埋在土地中的悲凉，强烈地感染着每一位读者，深深地叩击着人们的心扉。

臧克家的诗是酝酿于抒情之中的哲学，是哲学的诗，让人沉思，给人启迪。闻一多曾说："克家的诗，没有一首不具有一种极其顶真的生活的意义。"这"极其顶真"，正是来自诗人关照生活本质、把握生活本质的哲理性总结。

小编有话

什么是好诗？好诗就是历经岁月的磨砺依然熠熠生辉的诗。无论年代多么久远，好诗始终能震撼人心，给人启迪。《有的人》就是这样一首歌颂真善美，鞭挞假丑恶的好诗。是做虽生如死的人，还是做虽死犹生的人？想必我们每个人心中都已有答案了。

有的人
——纪念鲁迅有感

有的人活着，
他已经死了；
有的人死了，
他还活着。

有的人
骑在人民头上："呵，我多伟大！"
有的人
俯下身子给人民当牛马。

有的人
把名字刻入石头，想"不朽"；
有的人
情愿作野草，等着地下的火烧。

有的人
他活着别人就不能活；
有的人
他活着为了多数人更好地活。

骑在人民头上的
人民把他摔垮；
给人民作牛马的
人民永远记住他！

把名字刻入石头的

名字比尸首烂得更早；
只要春风吹到的地方
到处是青青的野草。

他活着别人就不能活的人，
他的下场可以看到；
他活着为了多数人更好地活的人，
群众把他抬举得很高，很高。

师生在场

师：每一首好诗都是诗人情感的化身。诗要想成为飞翔的精灵，情便是成就它梦想的翼翅。有了诗情，诗人才能借此把心中的喜怒哀乐、爱恨情仇变成诗，并且生命力长久，气数永存。《有的人》就是这样的诗，它既传诵一时，又经久不衰。该诗是诗人参加鲁迅逝世30周年纪念活动时写的。它以凝练的语言、鲜明的对比，表现了深刻的主题。下面，请同学们谈一下这首诗带给你的启发。

生A：通篇采用对比手法，把有着两种不同思想的人进行了比较，赞扬了那些"为了多数人更好地活的人"，鞭挞了那些"活着别人就不能活的人"。

生B：这首诗从两种人对人民不同的态度，对理想不同的追求，对人生不同的目的的对比中，表现了甘为孺子牛的鲁迅一类的人的高尚品德与伟大抱负。

生C：《有的人》是为纪念鲁迅而写，但本诗的主题并不局限于纪念鲁迅，它揭示了生命的意义在于全心全意为人民服务。所以，该诗具有更深远的历史意义与社会意义。

师：《有的人》这首诗是臧克家诸多政治抒情诗的代表作，它的独特之处，在于以高度凝练的艺术手法，阐述了人的肉体生命与精神生命的真谛。

短句回响

1. 读过一本好书,像交了一个益友。

——臧克家

2. 青年是宝藏,青年是黄金。宝藏要挖掘,黄金要熔炼。

——臧克家《青年》

3. 我,一团火,灼人,也将自焚。

——臧克家《我》

4. 苦难是滋养人的,把诅咒吞下去,让它化成力!

——臧克家《星点》

5. 两棵丁香,叶子簌簌辞柯了,像一声声年华消失的感叹。

——臧克家《炉火》

拓展阅读

终身喜爱孩子

臧克家永远怀着一颗童心、一颗善良的心,听到有灾情,总带头捐钱捐物。臧克家非常喜爱孩子,有一次,一个刚上幼儿园的男孩子哭闹着不肯去上学,臧克家见了心中不忍,就蹲下来对小男孩百般劝慰,最后又给了小男孩一大把糖果。把孩子送去以后,臧克家几次走到幼儿园门口,看到他没有再哭闹,才放下心来。

甘肃武威县有一个叫常清玉的女孩子,父亲是建材总厂工人,后母也有小孩。她以高分考入高中后,因为家境比较困难,所以无法继续上学。正束手无策时,常清玉在《甘肃日报》上看到采访臧克家的文章,觉得臧克家先生是一个有爱心、有善心的人,就怀着忐忑的心请报社转信给臧克家,诉说了自己的情况。臧克家看了信后,叫夫人回信,让常玉清不要气馁,并举了华罗庚、齐白石等人的例子鼓励她。他还请《少年文史报》总编辑,帮助解决常清玉就近入学的问题。

这件事引起了甘肃省的重视,希望工程给常清玉提供 400 元补助,学校免去了她的学杂费，臧克家夫妇每学期也会资助常玉清三四百元。甘肃省省委书记为此专门在省报上撰文，赞颂一位老作家如此关心失学儿童。当记者向臧克家表示想看看省委书记写的那篇文章时，臧克家摇摇手说："这是应该做的事情，没有必要宣传。"

佳作链接

老 马

总得叫大车装个够，
它横竖不说一句话，
背上的压力往肉里扣，
它把头沉重地垂下！

这刻不知道下刻的命，
它有泪只往心里咽，
眼里飘来一道鞭影，
它抬起头望望前面。

卞之琳

卞之琳(1910—2000)，生于江苏海门汤门镇，祖籍江苏溧水，现代诗人、文学评论家、翻译家。主要作品有《三秋草》《鱼目集》《慰劳信集》《十年诗草》《雕虫纪历》等。

卞之琳是我国"五四"以后出现的现代派的代表诗人之一，20世纪30年代初步入诗坛。他受过"新月派"的影响，但更醉心于法国象征派，并且善于从中国古典诗词中汲取营养，形成了自己独特的风格。他的一些抒情短篇"含蓄、亲切，犹如一座无穷的诗意宝藏"，是中国现代诗歌星空中娇小而灿烂的星。

小编有话

世间万事万物既独立存在，又息息相关。愿你在桥上看风景时不会黯然神伤，愿我在楼上看你时心情灿若朝阳。人生最曼妙的风景，是内心的淡定与从容。

断　章

你站在桥上看风景，
看风景的人在楼上看你。

明月装饰了你的窗子，
你装饰了别人的梦。

师生在场

师：《断章》之所以是绝唱，有着经久不衰的艺术魅力，是因为它给人一种很强的画面感和空间感。远看，一泓清水；近看，无底深潭。它，像是唐宋小令的再现，浓郁地散发着东方的现代气息。更重要的是，诗人在诗中又巧妙地传达了他的哲学深思。下面，请同学们谈一下对这首诗的理解。

生 A：读完这首诗，我感觉美好之中又有淡淡的忧愁和哀伤。"你站在桥上看风景"和"看风景的人在楼上看你"，"明月装饰了你的窗子"和"你装饰了别人的梦"，在这里主体和客体相互转换，传递出诗人思而不能得，念而不能为的无奈。

生 B：我不同意 A 同学最后的结论。我觉得在这首诗中，主客体的相互转化是告诉我们，一切事物都是息息相关的，不是独立存在的，比如生与死、美与丑、善与恶。

生 C：我同意 B 同学的观点。我觉得诗人就是想表达他的哲学思考，即在宇宙和人生中，任何事物都是既密切关联，又相对存在的。

生 D：理解了这首诗的哲理，我们在今后的学习和生活中，就能有旷达乐观的态度，不再因一时的得失而欢喜或苦恼，不再为一些世俗的观念所束缚，我们获得的是灵魂的自由和洒脱。

师：世间万物息息相关，相互依存、相互作用。希望我们在艰难跋涉的人生中，在失意之时，能有个人在精神上相互取暖，互为安慰。希望我们在感受人生的寂寞和苍凉的同时，也收获一份从容与美丽。

生 E：老师，"你装饰了别人的梦"中的"梦"，到底意味着什么呢？

师：《断章》原是诗人一首长诗中的一个段落，这首长诗曾这样写道："梦是困倦心灵的归宿，梦是痛苦心灵的慰藉，梦是绝望心灵的火种。愿在这个不凡的夜晚，这两个有缘的陌生人，都拥有一个永恒而美好的梦，支撑着他们各自坚强且快乐地走下去。"诗人在展现人与人彼此之间的人情美的同时，用梦作为失意人生路上的火种与希望，作为人间温情的一种表现，这种审美效果的产生，极大地拓展了诗歌的情感深度，使诗歌既充满了哲理，又闪耀着人性的光辉。正因为如此，多年来读者都在这首《断章》中寻找不同的意蕴与价值，在思索其意义的同时，获得了余韵无穷的审美享受。

短句回响

1. 你听，夜风孤零零/走过了窗前，/跟跄的踩着虫声，/哭到了天边。

——卞之琳《夜风》

2. 别上什么钟表店/听你的青春被蚕食。

——卞之琳《圆宝盒》

3. 百转千回都不跟你讲，水有愁，水自哀，水愿意载你。

——卞之琳《无题》

4. 我要有你的怀抱的形状，我往往溶化于水的线条。

——卞之琳《鱼化石》

拓展阅读

百余封书信背后的师生情

1982年秋天，正读大学四年级的江弱水把自己写的一组白话格律体诗歌寄往《译林》杂志社，转给了卞之琳先生。没想到只过了三个星期，他就收到了卞之琳的回信。信中，差不多每一首诗都被卞之琳用铅笔批上了意见。卞之琳还送给江弱水一本装帧精美的诗集，这也成为他们缔结师生友情的开始。

从第一封信起，在以后的岁月里，江弱水总能不断收到卞之琳先生寄赠的各种新出或重印的译著和写给自己的长长短短的信，或指点或安慰，或批评或激励。1983年，江弱水的学士论文经过卞之琳的指点得以完成，并由他推荐给香港《素叶文学》发表。1987年，卞之琳细心选了江弱水的五首诗，并写了一篇数千字的介绍文章，在香港《八方》文艺丛刊一并刊出。20世纪80年代，江弱水在卞之琳的影响下，

"十分投入地进行了一系列格律试验",其十四行诗被卞之琳评为"纯正光润"。

最值得一提的是,在香港中文大学读书期间,江弱水将老师卞之琳当作研究对象,完成了博士论文《卞之琳诗艺研究》。在卞之琳九十华诞前夕,该书由安徽教育出版社出版,成为卞之琳收到的最好的寿礼之一。

从1982年的相交至2000年卞先生离世,18年来,江弱水共珍藏了卞之琳先生的上百封来信。江弱水说:"这些信,既是一位卓越的匠师给一个艺术学徒的诗歌传习录,也是一位睿智的长者对一个后生小子的人生教科书。先生用自己的双手时时将我扶持,把我拂拭!"

佳作链接

音 尘

绿衣人熟稔的按门铃。
就按在住户的心上:
是游过黄海来的鱼?
是飞过西伯利亚来的雁?
"翻开地图看,"远人说。
他指示我他所在的地方
是那条虚线旁那个小黑点。
如果那是金黄的一点,
如果我的座椅是泰山顶,
在月夜,我要猜你那儿
准是一个孤独的火车站。
然而我正对一本历史书。
西望夕阳里的咸阳古道,
我等到了一匹快马的蹄声。

艾 青

艾青(1910—1996)，原名蒋海澄，浙江金华人，著名诗人、文学家。著有诗集《大堰河》《北方》《黎明的通知》《归来的歌》，论文集《诗论》，散文集《绿洲笔记》等。1985年，艾青获法国文学艺术最高勋章。艾青被称为"一生追求光明的作家"。在中国新诗发展史上，艾青是继郭沫若、闻一多等人之后，又一位推动一代诗风并产生过重要影响的诗人，在世界上也享有盛誉。

小编有话

这首诗写于抗日战争全面爆发后的1938年，是艾青深厚的土地情结的淋漓展现。在国土沦丧、民族危亡的紧急关头，艾青向祖国捧出了一颗赤子之心。土地滋养了万物，对大地母亲的赞歌，无论在哪个时代都应该继续下去。

我爱这土地

假如我是一只鸟，
我也应该用嘶哑的喉咙歌唱：
这被暴风雨所打击着的土地，
这永远汹涌着我们的悲愤的河流，
这无止息地吹刮着的激怒的风，
和那来自林间的无比温柔的黎明……
——然后我死了，

艾青

连羽毛也腐烂在土地里面。

为什么我的眼里常含泪水？
因为我对这土地爱得深沉……

师生在场

师：1938年，艾青的这首小诗《我爱这土地》，以土地为意象，唱出了当时每一个炎黄子孙的心声，唱响了中华大地。直到今天，这首诗依然深深地震撼着我们的心灵。我们在赏析其内容、探究其写作手法的同时，也在接受一次灵魂的冲击和洗礼。下面，请同学们结合诗中的词语和意象发表自己的见解。

生A："假如我是一只鸟，我也应该用嘶哑的喉咙歌唱"，"嘶哑的喉咙"说明这是一只饱经磨难，用全部力量在歌唱的小鸟。正因为唱得竭尽全力，正因为唱得恒久，它的喉咙才是嘶哑的。同时，"嘶哑"一词也给人带来一种难言的悲情和凝重感，写出了诗人对土地的热爱和执着。"暴风雨""悲愤的河流"，这些意象告诉我们，诗人魂牵梦绕地爱着的土地，布满痛苦。

生B："这无止息地吹刮着的激怒的风"一句，象征着中华民族不屈不挠的反抗精神。诗人由前面的悲土地之苦难转入赞土地的抗争，诗人的土地情结更深了一层。

生C：在"那来自林间的无比温柔的黎明"中，诗人一方面实写黎明，它象征着充满生机的解放区；另一方面虚写黎明，可以看作对民族解放战争所抱有的必胜的坚定信念，相信温柔的黎明一定能够到来。"然后我死了，连羽毛也腐烂在土地里面"，这是说鸟儿啼血而死，生前不停地对土地歌唱，死后羽毛也重归土地，对土地爱得执着。这份挚爱正寄寓着诗人为祖国献出一切、至死不渝的决心。

生D："为什么我的眼里常含泪水？因为我对这土地爱得深沉……"太强烈的土地之爱，使诗人难以诉说，只能凝聚成晶莹的泪水。全诗在问答中达到高潮，诗人炽热的爱国情怀留下了不尽的余韵。

师：《尚书·尧典》说："诗言志。"诗歌是抒情的载体。诗人在这短短的两节诗里用心歌唱，用灵魂歌唱，用自己全部的生命歌唱。他歌唱我们神奇的土地，歌唱我们勇敢顽强的人民，歌唱祖国灿烂的未来。这种深沉博大的爱国情怀，怎能不让诗人眼中常含泪水？怎能不让每一个有血有肉的中国人眼中常含泪水？

短句回响

1. 即使我们是一支蜡烛/也应该"蜡炬成灰泪始干"/即使我们只是一根火柴/也要在关键时刻有一次闪耀/即使我们死后尸骨都腐烂了/也要变成磷火在荒野中燃烧。

——艾青《光的赞歌》

2. 忌妒——/是心灵上的肿瘤。

——艾青《无题（二十三）》

3. 养在窗台上，梦想着海洋。

——艾青《仙人掌》

4. 人民不喜欢假话。哪怕多么装腔作势、多么冠冕堂皇的假话都不会打动人们的心。人人的心中都有一架衡量语言的天平。

——艾青

5. 含着微笑，看着海洋……

——艾青《礁石》

拓展阅读

艾青的故事

艾青原名蒋海澄，说起他的笔名，还有一段故事。

1931年，"九一八事"变爆发时，艾青正在法国留学。他同许多留法的中国青年一样，在巴黎遭到歧视和侮辱。据说有一天，艾青到一家住宿酒店登记时，旅馆人员问他的名字，艾青说叫蒋海澄，对方误以为是"蒋介石"，便马上嚷嚷起来了。艾青一气之下，就将"蒋"的草字头下面打了一个"×",又取"澄"的家乡口语谐音为"青",在住宿登记时填上了"艾青"。此后,这一名字一直被沿用了下来。

艾青于1910年生于浙江金华的一个地主家庭。母亲生他时难产,生了三天三夜,一个算卦的又说他"克父母",因此他成了一个不受欢迎的人,甚至不许他叫父母为"爸爸妈妈",只能叫"叔叔婶婶"。由于家人不喜欢这个"克父母"的婴儿,就把他托付给农户妇女大堰河收养。大堰河十分疼爱他,养育他到5岁。正是在这一时期,他养成了朴实、正直、善良的性格。被领回家后,他依然受到冷遇。他说自己"成了家里的新客",说自己在"冷漠和被歧视的空气里长大"。

1933年,他第一次用笔名"艾青"发表长诗《大堰河——我的保姆》。《大堰河——我的保姆》是艾青的代表作。这是一首带有自传性的抒情诗。在这首诗里,诗人以幼年生活为背景,集中描述了自己的保姆——大堰河——一生的悲苦经历,抒发了他对大堰河及劳动人民的真挚热爱和热情赞美,表达了诗人对旧社会的仇恨和诅咒。

1935年,艾青出版了第一本诗集《大堰河》。1957年,他被错划为"右派分子",曾赴黑龙江、新疆生活和劳动,创作中断了二十余年。1979年平反改正后,他任中国作家协会副主席、国际笔会中心副会长等职。1985年,他获法国文学艺术最高勋章。

1996年5月5日凌晨4时15分,艾青因病逝世,享年86岁。

佳作链接

大堰河——我的保姆

大堰河,是我的保姆。
她的名字就是生她的村庄的名字,
她是童养媳,
大堰河,是我的保姆。

我是地主的儿子,
也是吃了大堰河的奶而长大了的

大堰河的儿子。
大堰河以养育我而养育她的家，
而我，是吃了你的奶而被养育了的，
大堰河啊，我的保姆。

大堰河，今天我看到雪使我想起了你：
你的被雪压着的草盖的坟墓，
你的关闭了的故居檐头的枯死的瓦菲，
你的被典押了的一丈平方的园地，
你的门前的长了青苔的石椅，
大堰河，今天我看到雪使我想起了你。

你用你厚大的手掌把我抱在怀里，抚摸我；
在你搭好了灶火之后，
在你拍去了围裙上的炭灰之后，
在你尝到饭已煮熟了之后，
在你把乌黑的酱碗放到乌黑的桌子上之后，
在你补好了儿子们的为山腰的荆棘扯破的衣服之后，
在你把小儿被柴刀砍伤了的手包好之后，
在你把夫儿们的衬衣上的虱子一颗颗的掐死之后，
在你拿起了今天的第一颗鸡蛋之后，
你用你厚大的手掌把我抱在怀里，抚摸我。

我是地主的儿子，
在我吃光了你大堰河的奶之后，
我被生我的父母领回到自己的家里。
啊，大堰河，你为什么要哭？

我做了生我的父母家里的新客了！
我摸着红漆雕花的家具，

艾 青

我摸着父母的睡床上金色的花纹，
我呆呆地看着檐头的我不认得的"天伦叙乐"的匾，
我摸着新换上的衣服的丝的和贝壳的纽扣，
我看着母亲怀里的不熟识的妹妹，
我坐着油漆过的安了火钵的炕凳，
我吃着碾了三番的白米的饭，
但，我是这般忸怩不安！因为我
我做了生我的父母家里的新客了。

大堰河，为了生活，
在她流尽了她的乳液之后，
她就开始用抱过我的两臂劳动了；
她含着笑，洗着我们的衣服，
她含着笑，提着菜篮到村边的结冰的池塘去，
她含着笑，切着冰屑悉索的萝卜，
她含着笑，用手掏着猪吃的麦糟，
她含着笑，扇着炖肉的炉子的火，
她含着笑，背了团箕到广场上去
　　　晒好那些大豆和小麦，
大堰河，为了生活，
在她流尽了她的乳液之后，
她就用抱过我的两臂，劳动了。

大堰河，深爱着她的乳儿；
在年节里，为了他，忙着切那冬米的糖，
为了他，常悄悄地走到村边的她的家里去，
为了他，走到她的身边叫一声"妈"，
大堰河，把他画的大红大绿的关云长
　　　贴在灶边的墙上，

65

大堰河，会对她的邻居夸口赞美她的乳儿；
大堰河曾做了一个不能对人说的梦：
在梦里，她吃着她的乳儿的婚酒，
坐在辉煌的结彩的堂上，
而她的娇美的媳妇亲切地叫她"婆婆"
……
大堰河，深爱她的乳儿！

大堰河，在她的梦没有做醒的时候已死了。
她死时，乳儿不在她的旁侧，
她死时，平时打骂她的丈夫也为她流泪，
五个儿子，个个哭得很悲，
她死时，轻轻地呼着她的乳儿的名字，
大堰河，已死了，
她死时，乳儿不在她的旁侧。

大堰河，含泪的去了！
同着四十几年的人世生活的凌侮，
同着数不尽的奴隶的凄苦，
同着四块钱的棺材和几束稻草，
同着几尺长方的埋棺材的土地，
同着一手把的纸钱的灰，
大堰河，她含泪的去了。
这是大堰河所不知道的：
她的醉酒的丈夫已死去，
大儿做了土匪，
第二个死在炮火的烟里，
第三，第四，第五
在师傅和地主的叱骂声里过着日子。
而我，我是在写着给予这不公道的世界的咒语。

艾 青

当我经了长长的飘泊回到故土时,
在山腰里,田野上,
兄弟们碰见时,是比六七年前更要亲密!
这,这是为你,静静地睡着的大堰河
所不知道的啊!

大堰河,今天,你的乳儿是在狱里,
写着一首呈给你的赞美诗,
呈给你黄土下紫色的灵魂,
呈给你拥抱过我的直伸着的手,
呈给你吻过我的唇,
呈给你泥黑的温柔的脸颜,
呈给你养育了我的乳房,
呈给你的儿子们,我的兄弟们,
呈给大地上一切的,
我的大堰河般的保姆和她们的儿子,
呈给爱我如爱她自己的儿子般的大堰河。

大堰河,
我是吃了你的奶而长大了的
你的儿子,
我敬你
爱你!

田 间

田间(1916—1985),原名童天鉴,安徽无为县开城镇羊山人,著名诗人。著有长诗《戎冠秀》《赶车传》,诗集《给战斗者》《马头琴歌》等。田间的诗形式多样,其诗作《假使我们不去打仗》传遍全国,被闻一多称为"擂鼓诗人""时代的鼓手"。

田间的诗诗风灵活,对于信天游、新格律体、自由体都有尝试。他的短诗特别适合朗诵,传唱也更为久远。其中,《义勇军》堪称田间的经典之作。

小编有话

这首诗是诗人田间在20世纪30年代中叶写就的一首街头诗。当时,中国人民反抗日本法西斯的侵略战斗正如火如荼地展开,面对敌人疯狂侵略和残酷杀戮的嚣张气焰,它激励了千千万万中华热血儿女奋勇无畏地走上抗日疆场,走上抗日救亡的道路。田间的这首小诗如战斗的鼓点警醒着我们,催人进取!

假使我们不去打仗

假使我们不去打仗,
敌人用刺刀
杀死了我们,
还要用手指着我们骨头说:
"看,
这是奴隶!"

田间

师生在场

师：这首诗发表于1938年。当时，中国人民反抗日本侵略者的战斗如火如荼地展开着。面对敌人的侵略和杀戮，我们是投降还是反抗？田间的这首小诗旗帜鲜明地回答了这一问题。下面，请同学们从内容和写法上谈一下对这首诗的理解。

生A：这首小诗的标题是一个设问句。故意设置疑问，自问自答，制造强烈的悬念，能启发读者进行深入的思考。全诗也是围绕这个问题展开的。

生B：第一句提出"假使我们不去打仗"这个警醒人心的问题。接着诗人假设出具体形象，一针见血地写出了敌人的凶残——不仅是用刺刀杀死，还要辱及尸骨，从而巧妙地回答了标题的设问。

生C：这首诗描绘的假设情景，比从正面抒写爱国思想和抗日志向更有一种震撼人心的力量。它激励中华热血儿女走上抗日救亡的道路，起到了警醒人心的巨大作用。

生D：田间的这首小诗如战斗的鼓点，警醒着我们：勿忘历史，以史为鉴，前事不忘后事之师。

短句回响

1. 七月，/我们/起来了，/呼啸的河流呵，叛变的土地呵，爆烈的火焰呵，/和应该激动在这凄惨的殖民地上的/复活的/歌呵！/因为/我们/是生长在中国。

在诗篇上，/战士底坟场/会比奴隶底国家/要温暖，要明亮。

——田间《给战斗者》

2. 在长白山一带的地方，/中国的高粱/正在血里生长。/大风沙里/一个义勇军/骑马走过他的家乡，/他回来：/敌人的头，/挂在铁枪上！

——田间《义勇军》

3. 饲养员呵，/把马喂得它呱呱叫，/因为你该明白，/它底主人/不是我和你，/是/中国！

——田间《给饲养员》

拓展阅读

田间其人

田间是一位战斗诗人，有着"时代的鼓手"的美誉。

田间是抗战前夕诗坛上崛起的新星，从延安到晋察冀，田间一直是街头诗运动的积极推动者。他写的街头诗，诗行简短，寓意深长，朴素的诗句里充满着火热的时代气息和强烈的爱憎之情。闻一多谈论田间的诗作时，曾肯定他是抗战"时代的鼓手"，并指出他诗歌中有一种积极的"生活欲"，"鼓舞你爱，鼓动你恨，鼓励你活着，用最高限度的热与力活着，在这大地上"。

田间从一开始作诗就注意诗的战斗性。他在写第一部诗集《未明集》中的诗时，还不到二十岁。这些诗大多描写工人、农民、士兵等受苦者的命运，含有真切的感情，又表达了作者反抗的愿望。《中国牧歌》和《中国农村的故事》也都表现了农村的苦难，向往农村中新鲜活跃的生命力，充满了对苦难的抗议和对侵略斗争的激愤，呼吁人民觉醒并与侵略者战斗。1943年，他发表了长诗《给战斗者》，这是他最优秀的政治抒情诗。富于战斗性和现实性，依然是他这部长诗的思想特色。

七七事变后，田间的生活、思想和创作都有了较大的发展。1938年初写的《论我们时代的歌颂》，表现出他要为保卫祖国的战士自觉地创作出能反映现实苦难和斗争的好诗的愿望，并进一步表示了参加到实际斗争中去的决心。不久，他就到了延安，同年冬天，他又跨过封锁线，之后长期地生活、战斗于晋察冀边区。

作为中国新诗的开拓者之一，田间是有其独特魅力的。田间和当时那些有成就的诗人一样，把自己的深厚感情呈献给祖国的农村、原野，关切着农民问题，这个中国革命的基本课题。

田　间

佳作链接

自由，向我们来了

悲哀的
种族，
我们必须战争呵！

九月的窗外，
亚细亚的
田野上，
自由呵……
从血的那边
从兄弟尸骸的那边，
向我们来了，

像暴风雨，
像海燕。

坚　壁

狗强盗，
你要问我么：
"枪，弹药，
埋在哪儿？"

来，我告诉你：
"枪，弹药，
统埋在我的心里！"

郑　敏

郑敏，1920年出生，福建闽侯人，诗人、学者。主要作品有《诗集：1942—1947》《寻觅集》《心象》《早晨，我在雨里采花》和《诗与哲学是近邻》等。与里尔克一样，她的每一首诗都像是一幅静态写生，在雕像般的意象中凝结着诗人的智慧与哲思。郑敏是"九叶诗派"中一位重要女诗人。

"九叶诗派"是20世纪40年代中国最具先锋性的诗歌流派，他们"注重反映社会现实，又保留抒写个人心绪的自由，力求做到个人感受与大众心志相沟通"。

小编有话

秋天田野里被割倒的金黄的稻束，收获日的满月，暮色里的远山，脚下流淌的小河，这些意象都在向我们传递着一种深沉和宁静。我们的心底会升起一股伟大、恒久、庄重的力量，从而把我们引入沉思的境界，展开对历史和生命的无尽的沉思。

金黄的稻束

金黄的稻束站在
割过的秋天的田里，
我想起无数个疲倦的母亲，
黄昏路上我看见那皱了的美丽的脸，
收获日的满月在
高耸的树巅上，

暮色里，远山
围着我们的心边，
没有一个雕像能比这更静默。
肩荷着那伟大的疲倦，你们
在这伸向远远的一片
秋天的田里低首沉思，
静默。静默。历史也不过是
脚下一条流去的小河。
而你们，站在那儿，
将成为人类的一个思想。

师生在场

师：这首小诗让我们想到米勒的油画《拾穗者》，诗中所呈现的不是古典的中国式的隐逸、悲悯、闲适的田园意境，而是一种渗透到这片有着如油画般厚重质地和斑斓色泽的秋野暮色图中，渗透在现代中国苦难的土地上，在风吹雨打中慢慢滋长起来的，由困惑、探索而凝结成的趋向庄重沉思的诗境。

有人曾评价郑敏的诗，说它不仅仅是感性的、审美的。下面，请同学们谈一下郑敏的知性在这首诗中是如何体现出来的。

生A：在这首诗里，诗人将"金黄的稻束"比作肩荷"伟大的疲倦""低首沉思"的母亲的雕像，然后由这两种形象的联系生发出崇敬和赞美之情。

生B：这首诗通篇围绕"稻束"这一意象展开想象，无论是"皱了的美丽的脸"，还是"雕像"，都并未离开"稻束"本身的形象特征。"我想起无数个疲倦的母亲"，这个"无数"并非特指一个，这就使这首诗从个体的体验上升到人类精神的普遍体验。

生C："历史也不过是/脚下一条流去的小河。/而你们，站在哪儿，/将成为人类的一个思想。"这几句中，郑敏想说的是人类的思想是永恒的，就像母亲的力量是永恒的、永不消失的一样。

生 D：我认为这首诗不管是写疲倦也好，还是写历史也好，怎么解读都能成立。在面对静默无声、普通平凡的事物时，我们应重视"思想"的价值。

师：《金黄的稻束》成功地连用五个意象，借助象征和联想的手法，将知性与感性糅合为一体，在连绵不断的、新颖别致的局部意象转换中，含蓄地表达出对丰产、收获、土地、母亲等极平凡而又极伟大的事物充满哲思的赞美。

短句回响

1. 在黑冷的冬天，死亡就是火炬/不少人是这样想的。

——郑敏《鸟影》

2. 他的莅临无需多说/也许最美。

——郑敏《莅临》

3. 在闹市里/相互投掷会意的一瞥/又重新消失在烟雨迷茫中。

——郑敏《片刻》

4. 真的宝石似假/假的宝石似真。

——郑敏《对自己的悼词》

拓展阅读

郑敏其人

郑敏本姓王，她家在福州算是一个大家族，她的祖父王又典是福州颇有名气的词人。一岁多时，郑敏生了一场大病，差点死掉。好了之后，她被过继给姨妈。她的养父姓郑，也是她亲生父亲赴法留学时的同学兼好友。姨妈没有生育，郑敏于是成了郑家唯一的孩子。

郑敏的养父回国后在煤矿上当工程师，当时她家住矿区，周围都是贫苦的农村，环境很差。但她的养父以那个时代所能达到的最开明的思想抚育她，因此，她的童年和少年极少沾染封建色彩。她身体很好，这很大程度上也得益于她的养父。小时候，养父就要求她每天爬山、游泳，告诉她不能做"东亚病夫""旧式小姐"。

十岁那年夏天，郑敏跟养母回北京，这才进了学堂。虽然她入的是新式小学，但老师也像旧私塾那样打手板，对孩子们进行体罚。郑敏当时成绩不好，看见老师打人就害怕，实在不想上学。于是，父母把她转去读教会小学，她的成绩这才慢慢地好起来了。

1937年，"七七事变"爆发，郑敏正在念高一。当时，她家已经搬到南京。一家人先去了庐山避难，过完暑假，又坐船到了重庆。郑敏在重庆继续读书，高三毕业后，她考上了国立西南联合大学。

他们的生活就是他们的思想
——郑敏回忆在国立西南联合大学的岁月

在国立西南联合大学读书时，有几门课，我到现在都有印象。比如，冯友兰先生的"人生哲学"、郑昕先生的"康德"、汤用彤先生的"魏晋玄学"，还有冯文潜先生（冯至先生的叔叔）的"西洋哲学史"。

国立西南联合大学对学生的管理很自由，没有人去查到、管纪律，大家反而上课很积极。每个系都有著名的教授，教授们也都重创新，以讲自己的教材为荣，用现成的教科书则是不光彩的事。名师的课总是很受学生欢迎，教室里站不下，学生们就都挤在窗边听。

闻一多先生的课我旁听过，到底是"楚辞"还是"唐诗"，我已不记得了。他一边叼着烟斗，一边讲课，黑板上一个字也不写。但他讲得非常入神，绝对是用自己的方法去解释那些古文。我当时有种感觉，不管是多难、多古怪的东西，好像都能被他解出来，而且不是引经据典的，完全是自己的见解。

沈从文先生的"中国小说史"我也去听过。我觉得他的小说写得真好，那种湘西的气息非常独特。他特别爱写板书，讲每句话、每个字都有逻辑，只要记录下来，就会是一篇很好的文章。但他的口音实在太重了，很多话我都听不懂，所以收获有限。

我留学回国后，还见过沈先生。当时是同学袁可嘉请我吃饭，和先生巧遇。席间沈先生还问："你们记得有个写诗的郑敏，现在去哪里了？"我心中窃笑："就是我啊。"

国立西南联合大学的教授，每个人都是自成一家的风格。汤用彤先生给我们讲"魏晋玄学"，他长得矮矮的，还光头，但给大班上课时嗓门特别大。我喜欢他的课，那种道家的境界、魏晋玄学的潇洒，对我影响很深。我一直对老庄的东西非常敬重，到现在也经常会读一读，这跟汤先生有关。

卞之琳老师的新诗我从大一就开始读，在冯至先生家也见到过他。他成名早，是真正的青年才俊，总是西装革履，戴着金丝边的眼镜，充满了浪漫气质。

最有意思的是冯友兰先生和金岳霖先生。冯先生留着长髯，穿着长袍，开过一门课，叫作"人生哲学"。课讲到最后是讲境界，说人生有四种境界，最低的是"自然境界"，为了过日子而过日子，什么都不想；往上是"功利境界"，开始懂得为自己打算；再往上是"道德境界"，心里面有了他人，这种人是贤人；最高境界叫"天地境界"，这种人心中有宇宙大爱，是圣人。

金岳霖先生给大家讲逻辑，当时他刚从美国回到昆明，比较轰动，因为他穿得很时髦，不只是西装衬衫，还穿夹克、风衣，戴墨镜，跟周围人都不一样。他的身材又高大，看上去真"酷"。

有一天，冯友兰先生要给我们上课，他走在前面，我和一位同学正好跟在后面，都往教室里赶。垂直的另一条小路上，看到了把外衣搭在肩上，戴着墨镜的金岳霖先生。只听金老师问："芝生（冯友兰的字），到什么境界了？"冯老师回答："到天地境界了。"两位教授大笑，擦身而过。

我经常回想，也许正是在国立西南联合大学那样自由、充实的氛围中，接触到冯先生关于"天地境界"的想法，才让我的思想得到了升华。后来到美国留学，我待的地方一度流行麦卡锡主义，仇视华人、留学生，我的学业断断续续，最终就是靠着这些信念熬过了艰难的岁月，坚持读完了硕士，拿到了学位。

我觉得国立西南联合大学的教育最大的特点，就是每个教授跟他所研究的东西是浑然一体的，好像他的生命就是他所思考的问题的化身。他们的生活就是他们的思想，无论什么时候都在思考。这对我的熏陶极深，但是这种精神，我以后在任何学校、任何环境中都找不到了。

周梦蝶

周梦蝶(1921—2014),本名周起述,著名诗人。1952年开始发表诗作,1965年7月出版诗集《还魂草》,受到诗坛瞩目。

周梦蝶是诗坛少有的蜗牛派,创作了约半个世纪,却字字珍惜,出版有诗集《孤独国》《还魂草》《十三朵白菊花》《有一种鸟或人》等。他的生命全献给了诗,诗和他的生命已分不开。

小编有话

蝴蝶的力量是微弱的,但正是世界上这些微小的事物,在一瞬间就触动了我们的心灵,带给我们大感动、深感悟。有"苦僧诗人""孤独国主"之称的周梦蝶,几十年如一日,坚持在台北武昌街头摆摊,专卖诗集和纯文学作品。他用诗征服了生命的悲哀,成为台北重要的文化街景。

蓝蝴蝶(节选)
——拟童诗:再贻鸳子

我是一只小蝴蝶
我不威武,甚至也不绚丽
但是,我有翅膀有胆量
我敢于向天下所有的
以平等待我的眼睛说:
我是一只小蝴蝶!

我是一只小蝴蝶

世界老时

我最后老

世界小时

我最先小

而当世界沉默的时候

　　世界睡觉的时候

我不睡觉

为了明天

　　明天的感动和美

我不睡觉

师生在场

师：曾有人这样评价周梦蝶："从没有一个人像周梦蝶那样赢得更多纯粹心灵的迎拥与向往。"周梦蝶是孤绝的，周梦蝶是黯淡的，但是他的内里却无比的丰盈与执着。今天，让我们一起欣赏周梦蝶的这首诗，来感受他内心的丰盈与执着。

生A：读了这首诗，我眼前出现了一只自信、执着、坚守与勇敢的小蝴蝶形象。

生B：读了这首诗，我体会到了一种生命的力量，一种伟大的奉献精神。

生C：我觉得这也是诗人周梦蝶的生命体验，诗人是借蝴蝶来表明自己的心声的。他要做生活中的一只勇敢、自信、执着的蝴蝶。

师：愿这首小诗传达给我们的一切美好的品质能穿越时空，常伴我们左右，让世界因为我们的存在而更精彩。

短句回响

1. 二十年前我亲手射出的一枝孽箭／二十年后又冷飕飕地射回来了。

　　　　　　　　　　　　——周梦蝶《无题之一》

2. 等光与影都成为果子时，你便怦然忆起昨日了。

——周梦蝶《树》

3. 让软香轻红嫁与春水，/让蝴蝶死吻夏日最后一瓣玫瑰，/让秋菊之冷艳与清愁/酌满诗人咄咄之空杯；//让风雪归我，孤寂归我。

——周梦蝶《让》

4. 以诗的悲哀，征服生命的悲哀。

——周梦蝶《孤独国》

5. 你底影子是弓/你以自己拉响自己/拉得很满，很满。

——周梦蝶《九行》

6. 我选择无事一念不生，有事一心不乱。

——周梦蝶《我选择》

拓展阅读

南怀瑾送他一件坎肩

1967年，著名诗人周梦蝶在台北的武昌街摆书摊维持生计的时候，生活相当窘迫。尽管如此，听说南怀瑾将来讲学，他还是事先几天就暂停了生意，托朋友搞到一张门票，做好一切准备，只待当日能够前往建国北路的文华学院哲学研究所听南怀瑾讲课。

举行讲座那天，周梦蝶生怕错过了机会，饭也没有吃，提前两小时就到达了会议室，静候着大师的到来。讲座开始前半小时，南怀瑾终于来了。他身材不高，手里拿着一本书，举止仪态一看就气度不凡。

南怀瑾学识贯通儒、释、道三家，自成格局，授课恢宏大气，周梦蝶听得如痴如醉。南怀瑾的第一堂课很快就讲完了，周梦蝶没有离去，只为能与南怀瑾交谈一次，近距离地和大师畅谈一次。

朋友事先就向南怀瑾引荐过周梦蝶，说他是台湾新诗的代表人物，已经出版了诗集，在文坛引起不小的轰动。南怀瑾见到周梦蝶后颔首打招呼，并不多说话，只是静静地点燃一根烟。

那时候的周梦蝶已经46岁，体形消瘦，衣衫单薄，枯坐在那里，在穿堂而过的风里，多少显得有些怕凉的意思。南怀瑾看到这里，关切地问他:"你冷不冷?"周梦蝶赶紧回答:"台湾是亚热带,一年四季,有三季是热的,不会冷!""万一你冷了怎么办?"南怀瑾继续问。"那也是一下就过去了!"周梦蝶笑着说。"万一还是冷怎么办?"南怀瑾还在问。

看到南怀瑾如此关心自己,周梦蝶只有笑着,一时间不知道说什么才好。

这时候,南怀瑾走过来,把一件坎肩披在周梦蝶的身上,瞬间,一股温暖融满全身。

这是发生在周梦蝶和南怀瑾之间的一则温情逸事。南怀瑾先生向来寡言少语,却步步春风。后来,成为诗坛巨匠的周梦蝶回忆起恩师南怀瑾,仿佛肩上仍有南怀瑾先生披上去的暖意。

这是男人与男人之间的温情:两位大师,一件坎肩,交汇出无限温情。有时候,人与人之间的关切可能只是只言片语,但一起身、一举手、一投足,却能在切切实实的举动里给人春风拂面之感。

诗人周梦蝶生前曾在台北街头摆书摊,一生清贫

1980 年,在台北武昌街明星咖啡馆,远远地,他穿着人们熟悉的那一袭褐色大衣,正低头吃饭,吃得很慢很慢。林清玄写文章说周公吃饭时一粒一粒吃,问原因,他说:"不这样,我怎么知道每一粒的滋味呢?"

周公爱喝粥,或与佛教信仰和动过胃切割手术有关。他吃粥,用大碗,只吃白粥,满桌是菜,却尽拣眼前的花生米配食,全神贯注,几乎一语不发,一粒花生米一口粥。帮他夹菜问他吃什么,一概回答"不要"。他常说:"我的福薄,不能吃太好。鸡鸭鱼肉你们吃好了。"

他爱读书,他想读苏东坡的诗,苦无好版本。一次,《上海书评》主编给他寄来一套上海古籍出版社合注本,他非常满意。一个多月后,他竟然把六册几千页的书全看完了。那时他已 90 岁。

周公爱写毛笔字,自成一格。常有人找他签书留念,他总不肯即签,一定问好姓名地址,将书带回家,裁剪宣纸,郑重其事地以毛笔题署签名钤印后,黏贴扉页,亲自投邮寄送对方。

因为字好，求之者众，但只要有缘，周公几乎来者不拒。字是这样，钱也是如此。某年因获文学奖，他得了一笔奖金，十万元。一转身，捐出去了。日后，再得文艺奖章，又是几十万，直嚷嚷意外之财，还想捐。几位老朋友狠狠数落了他一顿："自己都快被人家救济了，还捐？"活生生给挡了下来。可没过多久，又都寄回老家去了。上门的钱，他总往外推，也真够奇怪的。实在无以名之，或仅能归诸一心悲悯了。

木 心

木心(1927—2011),本名孙璞,字仰中,号牧心。著有诗集《西班牙三棵树》《巴珑》《我纷纷的情欲》《云雀叫了一整天》《会吾中》《伪所罗门书》等,散文集《琼美卡随想录》《散文一集》,小说集《温莎墓园日记》等。

小编有话

岁月的变迁我们无力阻拦,可是,从前那些美好的事物又让我们怀念。诚诚恳恳的少年、冒着热气的小店、传递爱意的车马书信和精美的锁都是从前的事物,生活的质感就在这些词句中逐渐丰满。慢,是时间积淀的沉香;爱,是名利消散后的绵长。朋友,慢些走,仔细看啊!

从前慢

记得早先少年时
大家诚诚恳恳
说一句　是一句

清早上火车站
长街黑暗无行人
卖豆浆的小店冒着热气

木　心

　　　　从前的日色变得慢
　　　　车，马，邮件都慢
　　　　一生只够爱一个人

　　　　从前的锁也好看
　　　　钥匙精美有样子
　　　　你锁了　人家就懂了

师生在场

　　师：在2015年《中国好歌曲》第二季中，刘胡轶演唱了由自己作曲的《从前慢》。2015年，刘欢、郎朗、吕思清在中央电视台春节联欢晚会上表演了《从前慢》。为什么这首《从前慢》能如此打动人心，下面请同学们谈一谈你对这首诗歌的理解。

　　生A：我觉得木心先生是借这首诗怀念或留恋过去的时光和人性的美好。例如，我们学过辛弃疾的词："明月别枝惊鹊，清风半夜鸣蝉。稻花香里说丰年，听取蛙声一片。"这也是在描述过去那些简单质朴的日子，可是这样悠然简单的日子，离我们越来越遥远了。

　　生B：纪伯伦说："我们已经走得太远，以至于忘记了为什么而出发。"我觉得诗人是在呼吁快节奏的生活慢下来，认为生活中应少一些功利和浮躁，多一些真诚和善良。

　　生C：我觉得诗人在怀念过去的美好情感和人格品质的同时，还有一份深深的对现在的无力感，让人读后感到一种沧桑与苍凉。

　　生D：我认为，这首诗所传达的思想正是当今社会所缺乏的。现在人心荒芜，物欲泛滥，缺乏诗意；而从前的人更纯真更自然，从前的世界更有诗意，更有人情味。诗人木心把大家的思绪带回到当今社会匮乏的那种"慢节奏"中，呼吁现代人别走得太快，等一等灵魂。

短句回响

1. 岁月不饶人，我亦未曾饶过岁月。

   我追索人心的深度，却看到人心的浅薄。

   ——木心《云雀叫了一整天》

2. 所谓无底深渊，下去，也是前程万里。

   ——木心《素履之往》

3. 我好久没有以小步紧跑去迎接一个人的那种快乐了。

   ——木心《琼美卡随想录》

4. 爱，原来是一场自我教育。

   ——木心《新旧约续谈》

5. 我是一个在黑暗中大雪纷飞的人哪。

   ——木心《我》

拓展阅读

木心的人生智慧

木心讲过一些有趣而又富有人生哲理的话。

例如："常以为人是一个容器，盛着快乐，盛着悲哀。但人不是容器，人是导管，快乐流过，悲哀流过，导管只是导管。各种快乐悲哀流过，一直到死，导管才空了。疯子就是导管的淤塞和破裂。"

木心论幸福、论人生的本源，讲："比幸福，我不参加，比不幸，也不参加，因为喜欢朴素，所以喜欢华丽，如欲相见，我在各种悲喜交集处，能做的事只是长途跋涉的返璞归真。"

他还有一句话："生命是时时刻刻不知如何是好。"如果这句话我们记住了，或者这句话我们告诉了所有人，那么大概所有人都不需要给我们提问题了，因为木心先生已经告诉你"生命是时时刻刻不知如何是好"。

木心也谈美貌，他有一篇文章收录在《哥伦比亚的倒影》里，名字叫"论美貌"。他一开始说:"美貌是一种表情。别的表情等待反应,例如悲哀等待怜悯,威严等待慑服,滑稽等待嬉笑。唯美貌无为,无目的,使人没有特定的反应义务的挂念,就不由自主地被吸引,其实是被感动……其实美貌这个表情的意思,就是爱。这个意思既蕴藉又坦率地随时呈现出来。拥有美貌的人并没有这个意思,而美貌是这个意思。当美貌者摒拒别人的爱时,其美貌却仍是这个意思:爱——所以美貌者难于摒拒别人的爱。往往遭殃……美貌的人睡着了,后天的表情全停止了,而美貌是不睡的,美貌不需要休息;倒是由于撤除附加的表情,纯然只剩美貌这一种表情,就尤其感动人,故曰:睡美人。人老去,美貌衰败,就是这种表情终于疲惫了。老人化妆、整容,是'强迫'坚持不疲惫,有时反显得疲惫不堪。老人睡着了,显得更老,因为别的附加的表情率尔褪净,只剩下衰败的美貌这一种惨相,光荣消歇,美貌的废墟不及石头的废墟,罗马夕照供人凭吊,美貌的残局不忍卒睹。"

木心写到中国,他对中国文学很有看法。他说中国人跟自然特别亲近:"中国人既温敦又酷烈,有不可思议的耐性,人与任何祸福进行无尽之周旋,在心上不在话下。十年如此,百年不过是十个十年,忽然已是千年了。苦闷迫使人有所象征,因而与自然做无止境的亲密。熟昵而狡黠作狎了,至少可先立两则谐趣:金鱼、菊花。"他讲的是中国人喜欢跟自然打交道,交道打久了,就开始玩弄它,金鱼菊花就是例子。本来甚至不应该有金鱼的,都是中国人挑弄自然弄出来的东西。

当年木心第一次在大陆被很多读者发现,是因为一篇《上海赋》。他喜欢写上海,写得也很有意思,有很独到的观察。说到很多老辈的上海人,"好比撬破了芝麻门,珠光宝气就此冲出来,十里洋场城开不夜,东方巴黎冒险家的乐园,直使小辈的上海人憾叹无缘亲预其盛。尚有不少曾在上海度过童年的目前的中年者,怪只怪当时年纪小,明明衣食住行在上海,却扑朔迷离,记忆不到要害处,想沾沾自喜而沾沾不起来。这批副牌的上海人最乐于为正牌的上海人作旁证"。他讲的其实就是现在常常出来说老上海的这批人。

他人眼中的木心

陈丹青：他爱文学爱到"罪孽"

作为木心的学生，过去这么多年，我做的只是推介木心，但是从来不评价他。不是我不愿意评价，而是我没有这个能力。

现在我想说，我了解的木心，挚爱文学到了"罪孽"的地步。先生很在乎自己说出去的话和拿出去的书。当我在做他的事情的时候，真的很慎重，因为我已经不能禀告他我该怎么做，我该不该做。出版《文学回忆录》是我在他身后做的最困难的一件事情。

这本书出版后，有很多人喜欢，各种年龄层、各种职业、各种身份的都有，我有些惊讶。

陈子善：仍不能完全读懂木心

20世纪80年代中期，木心先生开始在台湾的报纸、杂志上发表作品，我就注意到他了。有人不理解木心，有人认为他无才，我认为这恰恰证明说这些话的人不懂文学，或者说对文学了解甚少。当时台湾报纸上对木心先生的介绍，用了一个非常有意思的提法，叫"文学上的鲁滨孙"，我就托台湾朋友把木心先生所有的文章都找来。坦率地说，一直到今天，我还不能完全读懂木心，但这不妨碍我对木心先生的钦佩和欣赏。

2001年的时候，上海文学搞了一个专栏，就是把以前作家、学者、诗人写上海，并认为好的文章推荐给读者来读。当然，因为当时大的文化背景下，有一个"上海热""环球热"的兴起。当时蹦出来一篇文章，就是木心先生的《上海赋》，我觉得应该推荐给读者。

金宇澄：初看他的作品吓一跳

我还是想说木心先生的文章。我是先生的后辈，当时看了《上海赋》，简直是吓一跳的感觉。上海人写上海，有种说法就是革命和摩登，这是两种方式。我自己也是上海人，我怎么就不知道那么多事情？尤其是他会深入到我这一辈人根本看不到的画面。譬如，一个什么身份的人，做西装、量尺寸的时候是什么样。太细致、太繁华，非常感动，当时的那种感觉和冲动，碰到谁就跟谁讲。

木心的文字具有很高的辨识度，包括他的文学笔记，我是非常感慨的，就觉得好像这样的人再也没有了。他写作的心境、他的那种态度是非常少见的。

孙甘露：他是个示范性作家

木心先生是一位饱学之士，读了大量经典的作品，另外，还有很重要的一点，他会在读过之后充分消化，最后变成本人的东西。看木心的书，就觉得有一种木心的声音，或者是叫"木心体"。一直就觉得好像这个就是木心的方式，这个是很难做到的。

我们年轻的时候看到的东西少、有限，那是因为渠道有限。现在世界上任何的东西，只要你想读，翻译成中文也好，用英文、法文读也罢，只要你想了解，都可以接触到，关键是要看如何去理解和消化。

木心的确是一个示范性的作家，教会我们怎样去读书，怎样品尝前人精神上的成果，最终消化变成自己的东西。

余光中

余光中(1928—2017)，著名诗人与散文家，祖籍福建永春，出生于南京，1949年随父母迁香港，1950年赴台湾，就读于台湾大学外文系。其人"左手为诗，右手为文"，著有诗集《舟子的悲歌》《白玉苦瓜》，散文集《左手的缪思》，评论集《掌上雨》等。

小编有话

这是余光中先生诗作中一首情意缠绵的情诗，诗人生动地刻画了一个痴心男子伫立雨中等待情人赴约时的甜蜜心情。黄昏将至，细雨蒙蒙，彩虹飞架，红莲如火，等待的人儿迟迟不来。就在男子伤感落寞之际，恍惚中看到美人从红莲中幻化出来。情到痴时，你在处处，处处有你。

等你，在雨中

等你，在雨中，在造虹的雨中
　蝉声沉落，蛙声升起
一池的红莲如红焰，在雨中

你来不来都一样，竟感觉
　每朵莲都像你
尤其隔着黄昏，隔着这样的细雨

余光中

永恒，刹那，刹那，永恒
　　等你，在时间之外，
在时间之内，等你，在刹那，在永恒

如果你的手在我的手里，此刻
　　如果你的清芬
在我的鼻孔，我会说，小情人

诺，这只手应该采莲，在吴宫
　　这只手应该
摇一柄桂桨，在木兰舟中

一颗星悬在科学馆的飞檐
　　耳坠子一般的悬着
瑞士表说都七点了。忽然你走来

步雨后的红莲，翩翩，你走来
　　像一首小令
从一则爱情的典故里你走来

从姜白石的词里，有韵地，你走来

师生在场

　　师：《等你，在雨中》是余光中爱情诗的代表作之一。飘着细雨的黄昏，如火焰般的红莲，等待中的情人，诸多意象交融在一起，宛如一幅唯美、饱满的油墨画在我们眼前流动，拨动着欣赏者的每一根心弦。诗人运用独白和通感等手法，又融会了古典诗词的意境，把现代人的感情与古典美糅合到一起，使得诗歌达到了一种清纯精致的境界。下面，请同学们谈一谈自己对这首诗的理解。

生A：诗的题目虽有"等你"二字，但全诗只字未提"等你"的焦急和无奈，而是别出心裁地描写"等你"的幻觉和美感。

生B："你来不来都一样，竟感觉/每朵莲都像你。"我最喜欢这句，情到深处，看什么都是你。诗人准确地捕捉了恋人的心理活动，写出了等待中的错觉。

生C："刹那"与"永恒"的使用，凸显了时间的跳跃感，时间的短暂与时间的延续不是一种对立，而是一种统一。诗中的三个"刹那"、三个"永恒"，既是在表白心迹，又是在倾吐誓言，在永恒的生命时间里，等"你"的这段时间只是一刹那。但同时，"我们"相守在一起的一刹那也就是永恒。诗中的青年依然沉浸在梦幻般的错觉中，正所谓情到浓时人自醉。

生D："从姜白石的词里，有韵地，你走来。"我最喜欢这个结尾，美人从红莲中幻化而出，莲步款款，环佩作响，此时的"我"和读者都已沉醉其中，归路不知。整篇诗作就此戛然而止，余韵袅袅，使人产生了无限的遐想。

师：等待是爱情过程中的一种情感体验，在"等"与"被等"中，浸润着纯美的情感。《等你，在雨中》这首诗借内蕴丰厚的意象着意营造了清远、淡雅的意境，用细腻的笔触抒写凝结在"等待"中的脉脉浓情。在意象的选取、意境的呈现、情感的传达、韵律的展现等层面，表现了古今交融之美。与雨中的等待对应的不是时间的漫长，而是情意的绵长。

短句回响

1. 前尘隔海。古屋不再。

——余光中《听听那冷雨》

2. 说是人生无常，却也是人生之常。

——余光中《送思果》

3. 旅行会改变人的气质，让人的目光变得更加长远。在旅途中，你会看到不同的人有不同的习惯，你才能了解到，并不是每个人都按照你的方式在生活。这样，人的心胸才会变得更宽广。

——余光中《未知》

4. 天空蓝得很虚幻，不久便可以写上星座的神话了。

——余光中《石城之行》

5. 天下的一切都是忙出来的，唯独文化是闲出来的。

——余光中

6. 实境何如意境，心明远胜目明。

——余光中（给少年盲诗人肖毅的亲笔题词）

拓展阅读

余光中：写给未来孩子的诗

孩子，我希望你自始至终都是一个理想主义者。

你可以是农民，可以是工程师，可以是演员，可以是流浪汉，但你必须是个理想主义者。

童年，我们讲英雄故事给你听，并不是一定要你成为英雄，而是希望你具有纯正的品格。

少年，我们让你接触诗歌、绘画、音乐，是为了让你的心灵填满高尚的情趣。

这些高尚的情趣会支撑你的一生，使你在最严酷的冬天也不会忘记玫瑰的芳香。

理想会使人出众。

孩子，不要为自己的外形担忧。

理想纯洁你的气质，而最美貌的女人也会因为庸俗而令人生厌。

通向理想的途径往往不尽如人意，而你亦会为此受尽磨难。

但是，孩子，你尽管去争取，理想主义者的结局悲壮而绝不可怜。

在貌似坎坷的人生里，你会结识许多智者和君子，你会见到许多旁人无法遇到的风景和奇迹。

选择平庸虽然稳妥，但绝无色彩。

不要为蝇头小利放弃自己的理想，不要为某种潮流而改换自己的信念。
　　物质世界的外表太过复杂，你要懂得如何去拒绝虚荣的诱惑。
　　理想不是实惠的东西，它往往不能带给你尘世的享受。
　　因此你必须习惯无人欣赏，学会精神享受，学会与他人不同。

　　其次，孩子，我希望你是个踏实的人。
　　人生太过短促，而虚的东西又太多，你很容易眼花缭乱，最终一事无成。
　　如果你是个美貌的女孩，年轻的时候会有许多男性宠你，你得到的东西太过容易，这会使你流于浅薄和虚浮；
　　如果你是个极聪明的男孩，又会以为自己能够成就许多大事而流于轻佻。
　　记住，每个人的能力有限，我们活在世上能做好一件事足矣。
　　写好一本书，做好一个主妇。
　　不要轻视平凡的人，不要投机取巧，不要攻击自己做不到的事。
　　你长大后会知道，做好一件事太难，但绝不要放弃。

　　你要懂得和珍惜感情。
　　不管男人女人，不管墙内墙外，相交一场实在不易。
　　交友的过程会有误会和摩擦，但想一想，偌大世界，有缘结伴而行的能有几人？
　　你要明白朋友终会离去，生活中能有人伴在身边，听你倾谈，倾谈给你听，就应该感激。
　　要爱自己和爱他人，要懂自己和懂他人。
　　你的心要如溪水般柔软，你的眼波要像春天般明媚。
　　你要会流泪，会孤身一人坐在黑暗中听伤感的音乐。
　　你要懂得欣赏悲剧，悲剧能丰富你的心灵。

　　希望你不要媚俗。

你是个独立的人，无人能抹杀你的独立性，除非你向世俗妥协。

要学会欣赏真，要在重重面具下看到真。

世上圆滑标准的人很多，但出类拔萃的人极少，而往往出类拔萃又隐藏在卑琐狂荡之下。

在形式上我们无法与既定的世俗争斗，而在内心我们都是自己的国王。

如果你的脸上出现谄媚的笑容，我将会羞愧地掩面而去。

世俗的许多东西虽耀眼却无价值，不要把自己置于大众的天平上，不然你会因此无所适从，人云亦云。

在具体的做人上，我希望你不要打断别人的谈话，不要娇气十足。

你每天至少要拿出两小时来读书，要回信写信给你的朋友。

不要老是想着别人应该为你做些什么，而要想着怎么去帮助他人。

借他人的东西要还，不要随便接受别人的恩惠。

要记住，别人的东西，再好也是别人的；自己的东西，再差也是自己的。

孩子，还有一件事，虽然做起来很难，但相当重要，这就是要有勇气正视自己的缺点。

你会一年年地长大，会渐渐遇到比你强、比你优秀的人，会发现自己身上有许多你所厌恶的缺点。

这会使你沮丧和自卑。

但你一定要正视它，不要躲避，要一点点地加以改正。

战胜自己比征服他人还要艰巨和有意义。

不管世界潮流如何变化，但人的优秀品质却是永恒的：正直、勇敢、独立。

我希望你是一个优秀的人。

郑愁予

郑愁予，原名郑文韬，祖籍河北宁河，1933年生于山东济南，当代诗人。1949年随父至台湾。诗人在20世纪80年代曾多次被选为台湾各文类"最受欢迎作家"，并名列榜首。著名诗作有《梦土上》《衣钵》《窗外的女奴》等。他的《错误》《水手刀》《残堡》《小小的岛》《情妇》《如雾起时》等诗作，不仅令人着迷，而且使人陶醉。

因其对祖国山川的朦胧的眷恋，个人遭遇和性格中微含忧伤的温情，再加上他对西方现代手法和中国古典手法的交错运用，他的诗作追求人与自然的合一，而他本人也被认为是具有古典精神的现代诗人。

小编有话

有"浪子"之称的郑愁予在这首诗中，不仅仅是写浪子无家可归的悲哀，更有盼望回到家乡和亲人团聚，但由于政治原因，美好愿望不能实现而产生的失落和惆怅。"我达达的马蹄是美丽的错误/我不是归人，是个过客……"结尾随着达达的马蹄渐行渐远，诗中的情味越来越浓。

错　误

我打江南走过
那等在季节里的容颜如莲花的开落

东风不来，三月的柳絮不飞

郑愁予

你的心如小小的寂寞的城
恰若青石的街道向晚
跫音不响，三月的春帷不揭
你的心是小小的窗扉紧掩

我达达的马蹄是美丽的错误
我不是归人，是个过客……

师生在场

师：郑愁予的这首《错误》在台湾被誉为"现代抒情诗的绝唱"。据说，这首诗发表后，被人到处传诵，整个台湾岛都响彻了"达达的马蹄"声，可见《错误》的艺术魅力有多大。下面，请同学们谈一下你对这首诗的理解。

生A：这首诗中"莲"的意象，让我想起余光中《等你，在雨中》中的"莲"。莲是高洁美好的象征。在这首诗中，莲又和江南交融在一起，既是背景，又是意象，既象征了人物的外表美，又暗示人物的品德高尚。

生B：郑愁予的《错误》和余光中的《等你，在雨中》，都是描写等待爱情的。而《错误》写女性等待男性，写女子在失落中，误以为落实，复而落空，以情感之起伏和古典意象打动人。

生C：此外，对诗中的"你"的理解，我觉得范畴应该广一些。可以是妻子或恋人，也可以是朋友亲人，甚至还可以是祖国，总之，是在等待的人。这样理解，这首诗就具有更广泛的意义了。

生D：我认为这首诗主要是写"漂泊"和"等待"的。浪迹天涯的游子永远有一种无法抵达的悲哀，而等待者则是心灵的漂泊，永远无所依，永远在寻找精神的港湾。

生E：我最欣赏诗的结尾"我达达的马蹄是美丽的错误"一句。诗人巧用拟声技巧，使已倦于等待的灰暗心境一下子变得明亮起来。它具有一种奇异的美感，韵味悠长。

师：同学们都说得非常好。诗的最后一句中的省略号留下无尽的空白，让我们去遐想。错误，美丽的错误，错在等待，错在归来，错在不是归人。它的艺术效果犹如欧·亨利小说的结尾，出人意料。我们读诗、赏诗，只要读出了真实的自己，读出了心灵的悸动，读出了生命的丰美，哪怕是错误的解读，那也应该是——美丽的错误！

短句回响

1. 这次我离开你，是风，是雨，是夜晚；/你笑了笑，我摆一摆手/一条寂寞的路便展向两头了。

——郑愁予《赋别》

2. 四围的青山太高了，显得晴空/如一描蓝的窗……

——郑愁予《水巷》

3. 我们底恋啊，像雨丝，在星斗与星斗间的路上，我们底车舆是无声的。

——郑愁予《雨丝》

4. 我从雨地来/这里，已晴得很久/道上飞扬着沙土/太阳下的池塘闪着金光。

——郑愁予《旅梦》

5. 是谁传下这诗人的行业/黄昏里挂起一盏灯。

——郑愁予《野店》

6. 荫影像掩饰一个缺陷/把我们驻扎着文明的帐篷掩蔽。

——郑愁予《岛谷》

拓展阅读

郑愁予：诗人更要有性灵

"每一个来到三峡、宜昌、秭归的诗人都会备感亲切，因为这里是诗歌的源头。"2014年5月28日，台湾著名诗人郑愁予应邀赴三峡大学讲学，精妙的开篇语一下子拉近了与学生的距离，赢得了阵阵掌声。

当日，原本仅能容纳百人的三峡大学学术报告厅涌入了千余名学生，校方不得不将报告会临时改在体育馆举行。下午三点，三峡大学体育馆内座无虚席，没有"抢"到座位的学生或站着，或席地而坐，等待"仁侠诗人"郑愁予的到来。

三点刚过，81岁高龄的郑愁予如约出现在学生们面前，从神话到历史，从孔子到屈原，郑愁予引经据典，妙语连珠，将学生们带入丰富的诗情世界。

"人是万物之灵，诗人更要有性灵。"郑愁予说。"性"就是人类的本性、自然的天性；而"灵"，就是人的意志产生的力量。简单来说，诗人的性灵就是崇尚美、善和爱，关注生灵。没有性灵，诗人就不能写出好诗。

在郑愁予看来，"性灵"的最高境界是崇仁念。他说，中国传统诗词有儒家济世、忧国忧民的情怀，诗人就是要把"仁"这个意念，以诗的形式表现出来，使人受到感应、启示和共鸣。"这是诗人的责任。"郑愁予强调说。

"很多人写诗常常表现的是自己的私密，这就违背了性灵的作用。"郑愁予说。这样的作品即使文字非常巧妙，但却让人难以亲近。

郑愁予是台湾著名诗人，其现代诗洋溢着汉语特有的美，贯串着婉约与豪放两种不同的气质神韵。他的诗集曾在台湾创下再版百次的奇迹，其中《郑愁予诗集》在1999年以高票当选为"台湾文学经典"诗歌类的第一名，被列为"影响台湾三十年的三十本书"之一。

佳作链接

生 命

滑落过长空的下坡，我是熄了灯的流星
正乘夜雨的微凉，赶一程赴赌的路
待投掷的生命如雨点，在湖上激起一夜的迷雾
够了，生命如此地短，竟短得如此地华美！

偶然间，我是胜了，造物自迷于锦绣的设局
毕竟是日子如针，曳着先浓后淡的彩线
起落的拾指之间，反绣出我偏傲的明暗
算了，生命如此之速，竟速得如此之宁静！

小小的岛

你住的小小的岛我正思念
那儿属于热带，属于青青的国度
浅沙上，老是栖息着五色的鱼群
小鸟跳响在枝上，如琴键的起落

那儿的山崖都爱凝望，披垂着长藤如发
那儿的草地都善等待，铺缀着野花如果盘
那儿浴你的阳光是蓝的，海风是绿的
则你的健康是郁郁的，爱情是徐徐的

云的幽默与隐隐的雷笑
林丛的舞乐与冷冷的流歌
你住的那小小的岛我难描绘
难绘那儿的午寐有轻轻的地震

如果，我去了，将带着我的笛杖
那时我是牧童而你是小羊
要不，我去了，我便化作萤火虫
以我的一生为你点盏灯

席慕蓉

席慕蓉，1943年出生，蒙古族，全名穆伦·席连勃，著名女诗人、散文家、画家。著有诗集《七里香》《无怨的青春》《时光九篇》《以诗之名》等。

她的诗多是"纪念一段远去的岁月，纪念那个只曾在我心中存在过的小小世界"。她的抒情诗诗情缠绵，诗意浓郁，读之仿佛步入一个"满园郁香"的艺术世界。

小编有话

为了爱，为了这份美好的尘缘，小心翼翼开一树繁花，只为与你今天的相遇。请你经过我身旁时，一定记得，驻足，微笑……

一棵开花的树

如何让你遇见我
在我最美丽的时刻　为这
我已在佛前　求了五百年
求它让我们结一段尘缘

佛于是把我化作一棵树
长在你必经的路旁
阳光下慎重地开满了花
朵朵都是我前世的盼望

当你走近　请你细听
那颤抖的叶是我等待的热情
而当你终于无视地走过
在你身后落了一地的
朋友啊　那不是花瓣
是我凋零的心

师生在场

师：席慕蓉的这首《一棵开花的树》深受海内外读者喜爱。席慕蓉的诗，多写爱情、人生、乡愁，诗句清新淡雅，含蓄灵动，饱含着对生命的挚爱和真情。下面，请同学们谈一下对这首诗的理解。

生A：《一棵开花的树》把一位少女的爱恋之情刻画得惟妙惟肖，震撼心灵。诗人只有内心真情涌动，才能写出感人的诗歌。正如有人说，只有先感动自己，才能感动他人。

生B："慎重地开满了花"，"慎重"一词细腻地刻画了女子在爱的过程中努力完善自我、追求完美的心态，这是对爱情的珍视，读后让人动容。

生C：那落了一地的不是花瓣，而是少女凋零的心，我认为结尾最感人。当所有的努力成为徒劳，有失望，有哀怨，也有执着。其情其景，怎能不让人潸然泪下？

生D：我课下查过资料，网上说有人问席慕蓉这首诗的创作经过，席慕蓉说，这是她写给自然界的一首情诗。

师：这首诗我们说是情诗也好，是诗人对生命的体悟也好，总之，作为读者，每个人都会有自己的解读。

短句回响

1. 我只是个戏子/永远在别人的故事里/流着自己的泪。

——席慕蓉《戏子》

2. 友谊和花香一样，还是淡一点的比较好，越淡的香气越使人依恋，也越能持久。

——席慕蓉《送给幸福》

3. 假如你知道自己这样做并没有错的话，那么，你就继续地做下去，不要理会别人会怎样地讥笑你。

相反的，假如你觉得事情有一点不对劲，那么，任凭周围的人如何纵容，如何引诱，你都要拒绝他们。

——席慕蓉《明镜》

4. 不是所有的人都能知道时光的涵意，不是所有的人都懂得珍惜。这世间并没有分离与衰老的命运，只有肯爱与不肯去爱的心。

——席慕蓉《独白》

5. 在长长的一生里　为什么/欢乐总是乍现就凋落/走得最急的都是最美的时光。

——席慕蓉《为什么》

6. 含着泪，我一读再读/却不得不承认/青春是一本太仓促的书。

——席慕蓉《青春》

7. 如果从开始就是一种/错误　那么　为什么/为什么它会错得那样的　美丽

——席慕蓉《距离》

8. 不要太早地相信任何甜言蜜语，不管那些话语是出于善意或是恶意，对你都没有丝毫的好处。果实要成熟了以后才会香甜，幸福也是一样。

——席慕蓉《幸福》

拓展阅读

家有名妻

刘海北

念高中的时候，有一天，大姐命令我画一个女人。

当时，我的美术成绩起伏很大。凡是成绩优异，甚至包括一次比赛夺得冠军在内的作品,都是大姐代为捉刀的杰作;凡是成绩低的,都是地道的拙作。

我想此时大姐命令我画一个女人,一定是不存好心,要出我的洋相的。于是,我顿时不服气起来,拿过纸笔精心地画了一个女人。大姐接过去一看,笑着说:"你将来一定怕太太,不是怕她凶就是怕她出名。"我问她为什么。她解释说:"因为你画的女人特别壮,而且大。"我当时虽然对她那一套心理测验一点也不服气,可是从此在心里种下了一些隐隐的忧虑。

进了大学,我才发现自己不敢对女同学讲话。尤其是面对漂亮的女同学,简直舌头发硬,浑身发抖。尤其是听过一些唐璜型同学的自白,更是把我吓坏了。从他们那里听到的,是挫败多于成就。的确,那个时代男性人数比起女性要多得多,年轻的女孩子气焰甚高。要想追到一个女朋友,最少要通过耐力、智力、定力和财力四大测验。

听到先进们这些经验之谈,真使得我望女孩而却步。于是每逢假日,我干脆躲在家里。

出国进修以后,失去了家的保护,同时又感到女孩子实在可爱,只好鼓起勇气来面对女孩子。正当我武装自己准备面临四大考验时,居然发现女孩子并不像传说中的那么可怕和不讲理。尤其是比我们晚四五年毕业的女孩子,和我们同时期的女同学们已大不相同。这些年轻的女孩子会自费和你一同去吃饭、看电影。她们已经把自己提升到和你平等的地位了。

当然,那时并没有料到"名妻"就在这些女孩子中。在最初和她交往的时候,发现她最具北国气质:是就是,不是就不是,从心到口是一条平坦笔直的大道,没有一丝拐弯抹角。对于我这个既缺乏经验,而勇气又稍嫌不足的逾龄学生来说,她真是最理想的对象。"来电"以后,想到的当然是婚嫁问题。这个时候,我已经有了九成半以上的把握,她将来不会对我太凶。可是她是不是会出名呢?于是心中一盘算,她是学油画的,环顾世界各国,看画的人毕竟有限,要想靠画画出名谈何容易!于是下定决心,非她莫娶。

回国以后,名妻最初安分地作画,开画展,虽然名字也上了报,却并不见得出了什么名。在这个时期，她也非常珍视她的诗才文才，偶有感触，都记在记事簿里。

有一天，她灵机一动，画了一张油画并在其上题诗一首，后来这张油画在展出时居然相当轰动——那首诗得到很多好评。除了在画上写诗以外，她还在一幅较大的油画上写了散文。从此以后，杂志出版界开始接受她的诗和画，并且常有稿约。然后，她的散文和插画，经常在报端和刊物中出现。从此，她以画为先导挤进了文艺界。因为文艺读者的人数远远地超过了看画的人数，她真的成为我的"名妻"了。

最初名妻每写完一首诗，都先给我看一遍，问我懂不懂，看不看得出来她想借这首诗表达什么。有一天打开电视，正在播放国文高中教学，授课的是和她在同一所学校执教的女同事，所以就听上一听。那天讲的是白居易的诗，说是白居易每成一诗，一定先请一位老妪过目，如果老妪看懂了，才算真正的完成，否则一定要改到她看懂了为止。于是我明白了，我的功用居然和那位老妪一样。

妻子出名，的确会引起一些窘事，以下略述一二。

名妻不在家的时候，总是我接电话，请对方交代要转达给名妻的信息。就有那么两三次，对方问我是谁，我回答说我是名妻的先生，对方接着说："席先生，您好。"天哪，居然给我冠上了名妻的姓。一当我正名"敝姓刘"以后，对方连连道歉，我想他这时一定比我更尴尬。身为一个大男人，多少有点是沙文主义者，要想把这件事处之泰然，非要有很高的涵养才行。

还有一件常常发生的事是给我做介绍的时候，介绍人为了加深对方的印象，常在介绍完我的姓名、职业、学历甚至生辰八字以后，再加上一句，他就是名妻的先生。日后可能没有几个人还记得我的姓名，可是一定记得我的婚姻状况。

那么，难道名妻没有带给我任何的方便吗？其实不然，让我再举两个例子供您参考。

名妻的读者，大多是正在大专就读，或刚踏出校门，进入社会担任基层工作的青年们。记得有一次计划全家出游，名妻打电话到某饭店订房。订房小姐说那一天正值假期，房间都已经订出去了。但是仍然可以留下姓名，列入候补名单。当名妻一报上姓名，对方说："您随时来吧，一定有房间留给您。"真是痛快极了。一些常要去办事的地方，柜台小姐先由名妻打点好，事情一定办得顺利。

有时候为了业务上的需要，必须和某些关键性的人物交个朋友。要交朋友必须先表示诚意。送礼吧，既俗气又有行贿之嫌；请吃饭吧，又剥夺了一次人家全家欢聚的机会。所以无论怎么做，都很难开口。后来终于想出一个妙策——送上一本有名妻签名的著作，这时他一方面很难拒绝这种"雅礼"，另一方面又觉得刘某很看得起他。送者实惠，受者大方，皆大欢喜。

在居家方面，名妻也和别的家庭主妇一样，有些事喜欢做，有些事不喜欢做。

她最不喜欢做的事，恐怕就是买菜和烧饭了。提起她煮饭的历史，就我所知道的，可以追溯到她刚出国的时候。那时她天不怕地不怕，以为自己什么都会，居然有一天自告奋勇地要烧几桌菜请诸位同学品尝。当菜一上桌，引起一阵欢呼，因为每一桌上都是五颜六色的，构成了一幅幅美丽的图画，于是有位同学自告奋勇地冲到街上去买底片回来拍照留念。没想到大家尝了一口，就没有人再讲一句话了。从此以后，也没有人再烦过她烧饭了。

新婚以后，她的确下过一番功夫，回想她外祖母曾经烧过的几道好菜，自己也来试上一试，经过几次研究改进，已能把好几道菜烧得略有水准了。不料近几年来，以写作和绘画为借口，她尽量不进厨房，终于把当年苦练得来的那点功夫荒废殆尽了。于是一家的膳食，多请专人或由我来料理。有时我比较忙，请她代劳一下。过了不少时间，进厨房看到她仍在慢功出粗活地做准备工作。于是为了全家人能在饿坏前吃得到饭，只好从她手中把工作接下来。

做饭不行，买菜总会吧，于是她承担起买菜的任务。起先全家人都很满意，只是过了一阵子，岳母大人嫌她买的菜"笨"，缺少变化。她听了幽幽地说："我就是吃笨菜长大的。"

每个月一到21号，名妻就坐立不安了，因为这一天电话缴费通知单一定会准时送到。名妻和她的几个好友都是讲电话的能手，一次用电话聊个半小时是平常的事。只是家居石门乡下,电话几乎全是长途的,所以这几家大概都是电信局的标准客户。可能名妻怕我看到惊人的话费会啰唆,所以守候邮差的驾临,接下电话缴费通知单就藏起来,好让我眼不见心不烦。

其实名妻也是一个很好的内助。除了煮饭以外,家里大大小小的事她大多能做。

我有一个"魔手"的雅号,因为一件东西一经过我的手就不见了。有时候我翻箱倒柜都找不到的东西,名妻常能在第一时间和第一地点就帮我找到。如果我出门的时候穿得实在太不像样,她会叫我回来重新换一套。我的衣服实在不像样时,她会拖着我去买新的。她已学会不擅作主张给我买衣服,这是我用拒穿换来的尊严。

常有人问我太太比自己出名是不是很不好受。其实现在已经是什么时代了,任何人都有不幸出了名的机会。就我个人来说,除了不能忍受给我冠上妻姓之外,很以拥有名妻为乐。

傅天琳

傅天琳，1946年出生，四川省资中县人，著名女诗人。她的诗风格细腻，构思新巧。著有诗集《绿色的音符》《在孩子和世界之间》等，散文集《往事不落叶》《柠檬与远方之歌》等。

她的《六片落叶》获2006年人民文学奖优秀诗歌奖。2010年，她的《柠檬叶子》获得第五届鲁迅文学奖全国优秀诗歌奖。

小编有话

这首诗是诗人对"母亲"的礼赞。母亲，让家充满温暖和希望。一个好母亲会成就一个家族的兴旺。朋友，让我们借着花的芬芳，借着草的清香，借着月的明亮，为我们伟大的母亲轻轻哼唱一首感恩的歌。

母 亲

在田野，母亲
你弯腰就是一幅名画
粘满麦秸的脸庞
疲劳而鲜亮

银色夜晚的柔情
来自一座草房
我们家永远葱绿
来自母亲的灵魂

永远地开放

儿孙般的玉米和谷穗
一代代涌来
将你围成一座村庄
在母亲博大的清芬里
我只有一粒绿豆的呼吸和愿望

师生在场

师：有人说傅天琳是现当代诗人中继冰心之后又一个成功地创作了大量以母爱为诗歌题材的诗人。她的这首《母亲》写得细腻清新、情真意深，诗歌一开始就定下了全诗的抒情基调：浪漫而温暖。全诗结构清晰，言简意丰，情感深挚饱满。下面，请同学们谈一下自己的读后感悟。

生A："粘满麦秸的脸庞"，是特写，画面清晰。"疲劳"和"鲜亮"用词贴切，母亲虽然深感"疲劳"，但因有所收获而使脸庞绽放出"鲜亮"的光彩。因此，我们能感受到诗人对文字的驾驭能力之高。

生B：诗歌第二节从侧面表达了诗人对"母亲"的赞美之情。母亲的存在，使得"我们家永远葱绿"，永远充满柔情和希望。而在老师对傅天琳的介绍中，我了解到她本身就是一株饱含母爱的苹果树。

生C：第三节诗歌由实转虚，诗人继续从侧面更深入地为母亲唱赞歌。比拟修辞手法的运用，使诗人将内心的丰富情感浓缩到含蓄美丽的结句中，全诗也进入抒情的高潮，收到了耐人寻味的表达效果。

短句回响

1. 你是独生女/刚满十八/红杏般灼热的嘴唇/只属于幻想，羞涩/和不敢说出名字的他//你站在孩子和世界之间/站在花朵和果实之间/是一道桥/一首诗/一束朝霞。

——傅天琳《在孩子和世界之间》

2. 在你的弦上摘了一颗/我就成为你的歌谣。

——傅天琳《红草莓》

3. 明白自己对万物常有亏欠/你就会知道什么能要什么不能要。

——傅天琳《唤醒你的羞涩》

4. 历经万紫千红的旅行/就要静静地到达。

——傅天琳《飘在空中的落叶》

拓展阅读

《我与诗歌》精彩语录

1. 有了感情，它就有了诗。

2. 什么是诗？诗就是命运，诗歌就是写自己的阅历，写自己的人生。从本质上讲，我认为，诗，它应该是思想和情感的高度统一；从技巧上讲，它应该是音韵、节奏、感觉、意象、激情、运动的高度综合。感情是一首诗，通灵剔透；女性是一首诗，启迪深刻。

3. 一首诗的完成，一定要有生命的参与，要用我们自己的热血和眼泪来写。好的诗歌，你会感觉一个字一个字都是肉做成的。这样的诗，和一些花拳绣腿、表面浮华的华丽文字相比，其实如果你是一个细心的读者，你一定能够分辨出崇高与卑微、庄重与轻薄。这就是人们常说的，诗歌应该具有的人格力量。

4. 诗歌来自生活，这一点，我本来认为是不容置疑的。当然，我理解的生活，它应该是立体的，是全方位的，既是我们眼睛看得见的，也是眼睛看不见的，只能用你的心灵去触摸。

5. 诗人的职责就是和生活保持一定的距离，若即若离，既能深入其中，又能出乎其外。在一种意识引领的深处，你要发掘出一种高尚的情怀，最终结成诗的晶体。

6. 作为一个诗人，他多么需要培养敏感和直觉，需要第三只眼睛。诗歌不是摄影而是洞察，不是再现而是创造。

7. 作为一个诗人，真是世上最幸运的人，当然，也是比较辛苦的人。

8. 当我们读到一首好诗，或者一篇美文，我们总会被那些文字所震慑，一笔一画，一横一竖，一撇一捺，似乎都要将你的指尖黏结，你的眼睛不得不随着语音之波滑动。人们常常说好听的声音有磁性，其实我一直认为好看的文字更有磁性，每读一遍你都会有被洞穿的感觉。通过阅读，我们知道，诗歌语言是要传递一种新的经验，新颖、准确、生动，像泉水一样清澈，像山野的风一样活色生香，像岩石一样、石头一样，有重量，有定力，牢牢站在地上。

9. 长期以来，其实我对诗歌的语言非常敬畏，同时也是非常挑剔的。我不喜欢那种过于晦涩的语言，不喜欢无边际的天马行空，不喜欢雨过地皮湿那种，也不喜欢装神弄鬼那种，不喜欢表面华丽的虚假珠宝，不喜欢过于油腻的诉说。我一直认为，诗人，就是语言的提纯者，就是语言的创造者。这个世上，如果连诗人都把话说不清楚，你说你还指望哪个去把话说清楚呢？

10. 作为一个诗人，一段时间以来，如果我们用一种办法写诗写得太顺手了，也就是说你其实并没有深刻的感动，仅仅凭你的技巧。你反正东绕西绕都绕得来像一首诗了，我说的是像，不是是，就是说有了诗的壳，但是没得诗的魂。这个时候，我认为诗人尤其需要静心，不要让技巧遮蔽了你的真情，让别人觉得只为你的技巧惊叹，而毫无灵魂。诗歌，它高远的境界，才是我们超越字词的最终的追求。诗人一定不是一种组装工，不是一个那种工人，不能够踩着一种滑溜溜的语言，完全是无阻力地行走。也就是说，写得太容易了，没了阻力，其实不好。

食 指

食指，1948年出生，原名郭路生，山东鱼台人，被当代诗坛誉为"朦胧诗鼻祖"，也被称为新诗潮诗歌第一人。著有诗集《相信未来》《食指·黑大春现代抒情诗合集》，诗歌《鱼儿三部曲》《海洋三部曲》《这是四点零八分的北京》等。他的诗始终贯串着相信未来、热爱生命的主题，具有浓重的"私人性"，同时又具有很强的韵律美，在新诗格律化方面做出了可贵的探索，弥补了中国诗史一定时代在艺术方面的空白。

小编有话

《相信未来》是诗人在那个令人悲哀的年代里，真实的灵魂在现实中的挣扎以及同残酷现实的对抗。诗人告诉我们，即使在绝望中也依然要怀揣对人生和民族未来的希望。朋友，无论我们的人生多么坎坷，无论你的生活多么艰辛，我们都应该像食指一样，相信未来，热爱生命。

相信未来

当蜘蛛网无情地查封了我的炉台
当灰烬的余烟叹息着贫困的悲哀
我依然固执地铺平失望的灰烬
用美丽的雪花写下：相信未来

当我的紫葡萄化为深秋的露水
当我的鲜花依偎在别人的情怀
我依然固执地用凝霜的枯藤
在凄凉的大地上写下：相信未来

我要用手指那涌向天边的排浪
我要用手掌那托住太阳的大海
摇曳着曙光那枝温暖漂亮的笔杆
用孩子的笔体写下：相信未来

我之所以坚定地相信未来
是我相信未来人们的眼睛
她有拨开历史风尘的睫毛
她有看透岁月篇章的瞳孔

不管人们对于我们腐烂的皮肉
那些迷途的惆怅、失败的苦痛
是寄予感动的热泪、深切的同情
还是给以轻蔑的微笑、辛辣的嘲讽

我坚信人们对于我们的脊骨
那无数次的探索、迷途、失败和成功
一定会给予热情、客观、公正的评定
是的，我焦急地等待着他们的评定

朋友，坚定地相信未来吧
相信不屈不挠的努力
相信战胜死亡的年轻
相信未来、热爱生命

师生在场

师：《相信未来》是食指的代表作品之一，写于 1968 年。他用朴实平易的文字，将冷静的思考与炽热的感情融入字里行间，写出了自己痛苦的吟哦，表现出在动乱年代对未来的坚定信念，被评论家称为一篇"预言性"的诗歌力作。下面，请同学们赏析一下这首诗的艺术特色。

生 A：本诗大量运用意象来表现内心情感。布满蜘蛛网的炉台、灰烬的余烟、凋落的紫葡萄、干枯的枝藤、凄凉的大地，是理想崩溃、希望破灭的象征；美丽的雪花、天边的排浪、托住太阳的大海、摇曳着曙光的漂亮的笔杆，则是诗人内心的剧烈冲突和希望之光的体现。

生 B：诗人还采用了比喻、排比、反复等修辞手法，使诗歌充满了张力和活力。展现了当时那一代人迷惘、痛苦而又对未来充满希望的矛盾心理。

生 C：这首诗第一、二、三节结构类似，有力地反衬或烘托了主题。

生 D：前三节的最后都由"相信未来"四个字结尾，而且用冒号把它们凸现出来，如音乐中的主题句反复出现，强化了作品的主旋律。

师：《相信未来》一诗"哀而不伤"，尽管诗人历尽艰辛，但诗中却没有太多的悲愤，没有颓废和激烈的反抗，没有晦涩和玄虚，而是充满了执着的信念和殷切的希望。诗人以一个充满希望的光辉命题照亮了前途未卜的命运，意在唤醒对生活失望的人们，赞颂青年人执着追求理想的精神。

短句回响

1. 痛苦对于诗人是一种财富，而诗歌是释放和治疗。

——食指

2. 我推开明亮的玻璃窗/迎进郊外田野的清风/多想留住飘散的烟缕/那是你向我告别的身影。

——食指《烟》

3. 好的声望是永远找不开的钞票/坏的名誉是永远挣不脱的枷锁。

——食指《命运》

4. 我清楚地看到未来/漂泊才是命运的女神。

——食指《还是干脆忘掉她吧》

5. 在这地球上/比我冷得多的，是人们的心。

——食指《寒风》

拓展阅读

迷路的食指

食指，1948年生于山东。母亲在行军路上分娩，时值初冬，天寒地冻，母子被送到冀鲁豫军区一所流动医院后才剪断脐带，故起名为路生。

食指1968年写出了代表作《相信未来》《海洋三部曲》，并在赴山西杏花村插队的列车上开始了他的名篇《这是四点零八分的北京》的创作。1972年，诗人敏锐的精神无法承受来自四面八方的压力，突然变得抑郁寡欢，退伍后被诊断为精神分裂症。1973年，为写《红旗渠组歌》，他只身去河南林县体验生活，途中盘缠被偷，发病后流落街头，20天后被人送回北京。1974年，他为写焦裕禄赴兰考，在郑州火车站被偷去钱包及郑州亲友地址，按记忆寻找亲友家又迷失道路，身无分文，再次发病。他夜宿火车站，乞食度日，20天后幡然醒悟，记起新乡有一位堂兄，便用腕上尚存的手表换钱买了去新乡的车票。不料坐过了站，下车连夜步行数十里，清晨抵达堂兄家中，蓬头垢面，枯瘦如柴……1990年，他入住北京第三福利院。

这就是迷路的诗人，以及他迷失的道路。他在迷失于世界之前，首先迷失于自己的内心。他最终以精神病院为栖身之所，一座最后的迷宫，他在迷宫中仍然坚持写诗。由此可见，诗神并未弃他而去，诗神仍然隐藏在他的身体里。

佳作链接

愿　望

我曾经有一个美好的愿望
把秋天的原野裁成纸张
用红的高粱，黄的稻谷
写下五彩斑斓的诗章

可是没等收完庄稼
我的手稿已满目荒凉
只在狂暴的风雪过后
白纸上才留下脚印数行

这是四点零八分的北京

这是四点零八分的北京
一片手的海浪翻动
这是四点零八分的北京
一声尖厉的汽笛长鸣

北京车站高大的建筑
突然一阵剧烈地抖动
我吃惊地望着窗外
不知发生了什么事情

我的心骤然一阵疼痛，一定是
妈妈缀扣子的针线穿透了心胸
这时，我的心变成了一只风筝
风筝的线绳就在妈妈的手中

食　指

线绳绷得太紧了，就要扯断了
我不得不把头探出车厢的窗棂
直到这时，直到这个时候
我才明白发生了什么事情

——一阵阵告别的声浪
就要卷走车站
北京在我的脚下
已经缓缓地移动

我再次向北京挥动手臂
想一把抓住她的衣领
然后对她亲热地叫喊：
永远记着我，妈妈啊北京

终于抓住了什么东西
管他是谁的手，不能松
因为这是我的北京
这是我的最后的北京

北　岛

北岛，1949年出生，原名赵振开，祖籍浙江湖州，生于北京。中国当代诗人，朦胧诗的代表人物之一。著有诗集《北岛诗选》《在天涯》《午夜歌手》等，代表诗作有《回答》《一切》等。北岛曾多次获得诺贝尔文学奖提名。

小编有话

《回答》写于1976年清明前后。诗人以强烈的历史责任感和民族存亡的忧患意识，面对黑暗和荒谬，以挑战者的身份说出了"我不相信"。朋友，当面对一切厄运和不公时，请让我们像北岛一样，做"第一千零一名"挑战者。

回　答

卑鄙是卑鄙者的通行证，
高尚是高尚者的墓志铭。
看吧，在那镀金的天空中，
飘满了死者弯曲的倒影。

冰川纪过去了
为什么到处都是冰凌？
好望角发现了，

为什么死海里千帆相竞?

我来到这个世界上,
只带着纸、绳索和身影,
为了在审判之前,
宣读那些被判决的声音:

告诉你吧,世界
我——不——相——信!
纵使你脚下有一千名挑战者,
那就把我算作第一千零一名。

我不相信天是蓝的,
我不相信雷的回声;
我不相信梦是假的,
我不相信死无报应。

如果海洋注定要决堤,
就让所有的苦水都注入我心中;
如果陆地注定要上升,
就让人类重新选择生存的峰顶。

新的转机和闪闪星斗,
正在缀满没有遮拦的天空,
那是五千年的象形文字,
那是未来人们凝视的眼睛。

师生在场

师:《回答》作于1976年,这首诗是北岛的成名作和代表作,被称作"以孤篇压倒当代"。《回答》一诗以冷峻的思考、坚定的口吻表达了对暴力世界的怀疑,并庄严地向现实宣告"我不相信"。这首诗最著名的两句是"卑鄙是卑鄙者的通行证,高尚是高尚者的墓志铭",它是开启一个时代的名句。下面,请同学们结合全诗发表一下自己对这两句诗的理解。

生 A:诗句尖锐地指出了是非颠倒、不公平的社会现象,语句铿锵有力、气势非凡。

生 B:"卑鄙"是语言、行为恶劣,不道德的形容词,"通行证"是有资格的人士进出的凭证。这两个意象用在一起,读者不难推想出:以"卑鄙"为"通行证"的地方,必然是是非混淆、黑白颠倒、道德沦亡的地方!

生 C:"高尚是高尚者的墓志铭",而"高尚"只能成为高尚者死后得以缅怀的"墓志铭"。这个世界颠倒了,卑鄙的人竟然可以凭借"卑鄙"而通行无阻;相反,高尚的人却因"高尚"而死。

生 D:这两句是一种愤慨的呐喊,是对这个荒诞世界的绝妙讽刺,引起了读者的深思。

师:从修辞上看,这两句采用隐喻和对比的手法。诗句虽然很短,但是四个个性鲜明的意象——卑鄙、卑鄙者、高尚、高尚者,形成强烈的对比冲击,更好地反映了时代背景。也正是因为亲身体验了那样的时代,当"文化大革命"快结束的时候,诗人猛然清醒,在冷静地进行思考后,表达了他们那一代青年人的声音。这声音响亮而有穿透力,这声音穿越历史!

短句回响

1. 一个人行走的范围就是他的世界。

——北岛《旅行记》

2. 其实娱乐是跟空虚绑在一起的,像工作一样也是时间的填充物,不可能带来真正的清闲。

——北岛《乡下老鼠》

3. 三月在门外飘动。

——北岛《忠诚》

4. 阅读经验如一路灯光，照亮人生黑暗，黑暗尽头是一豆烛火，即读书的起点。

——北岛《读书》

5. 如果你是条船，漂泊就是你的命运，可别靠岸。

——北岛《我的日本朋友》

6. 你没有如期归来/而这正是离别的意义。

——北岛《白日梦》

7. 让学习成为一种生活的习惯，这比任何名牌大学的校徽重要得多！

——北岛《北京四中》

拓展阅读

《给孩子的诗》序（节选）

北　岛

我和你们走在一起，未曾相识，如果遇上诗歌，恰似缘分。在人生的路上，你们正值青春年少，诗歌相当于路标，辨认方向，感悟人生，命名万物，这就是命运中的幸运。回头望去，我跟你们一样年轻过，当年遇上诗歌，就像遇上心中的情人，而爱情，几乎就是诗歌原初的动力。

每个出生长大的孩子，处在不同的阶段，特别是青少年时期——更敏感更多变，突如其来，跨越不同的边界，开拓想象力与创造性。我相信，当青春遇上诗歌，往往会在某个转瞬之间，撞击火花，点石成金，热血沸腾，内心照亮，在迷惘或昏睡中突然醒来。

雪花和花瓣，早春和微风，细沙和风暴，每个孩子的感受都是独特的，就像指纹那样不可重复——这一切都是诗意，但还不是诗歌。换句话说，诗歌即形式，是由文字和音乐性等多种因素构成的。

佳作链接

一　切

一切都是命运
一切都是烟云
一切都是没有结局的开始
一切都是稍纵即逝的追寻
一切欢乐都没有微笑
一切苦难都没有泪痕
一切语言都是重复
一切交往都是初逢
一切爱情都在心里
一切往事都在梦中
一切希望都带着注释
一切信仰都带着呻吟
一切爆发都有片刻的宁静
一切死亡都有冗长的回声

走　吧
——给 L

走吧，
落叶吹进深谷，
歌声却没有归宿。

走吧，
冰上的月光，
已从河床上溢出。

走吧，

北　岛

眼睛望着同一块天空，
心敲击着暮色的鼓。

走吧，
我们没有失去记忆，
我们去寻找生命的湖。

走吧，
路呵路，
飘满红罂粟。

舒　婷

舒婷，1952年出生，原名龚佩瑜，中国当代女诗人，出生于福建石码镇，朦胧诗派的代表诗人之一。著有诗集《双桅船》《会唱歌的鸢尾花》《始祖鸟》等。

舒婷的诗歌创作相比于同时代的北岛、海子等诗人，更显出人性关怀的温暖，充满温情的人性情感在她的诗中得到回归。

小编有话

舒婷的这首《致橡树》无疑是给广大中学生树立正确的爱情观的诗歌中的典范。随着时代的发展，大量信息涌入，中学生早恋现象也非常普遍，但以享乐为主的爱情观使他们迷失了自己。诗人在诗中明确提出，爱情需要以人格平等、个性独立、互相尊重倾慕、彼此情投意合为基础。

致橡树

我如果爱你——
绝不像攀援的凌霄花
借你的高枝炫耀自己；
我如果爱你——
绝不学痴情的鸟儿
为绿阴重复单调的歌曲；

也不止像泉源
长年送来清凉的慰藉；
也不止像险峰
增加你的高度，衬托你的威仪。
甚至日光。
甚至春雨。
不，这些都还不够！
我必须是你近旁的一株木棉，
作为树的形象和你站在一起。
根，紧握在地下
叶，相触在云里。
每一阵风过
我们都互相致意，
但没有人
听懂我们的言语。
你有你的铜枝铁干，
像刀、像剑，
也像戟；
我有我红硕的花朵，
像沉重的叹息，
又像英勇的火炬。
我们分担寒潮、风雷、霹雳；
我们共享雾霭、流岚、虹霓。
仿佛永远分离，
却又终身相依。
这才是伟大的爱情，
坚贞就在这里：
爱——
不仅爱你伟岸的身躯，
也爱你坚持的位置，足下的土地。

师生在场

师：《致橡树》是"朦胧诗五人"之一的舒婷曾传遍天下的爱情诗，创作于1977年。有人曾说，在中国新诗八十年的发展史上，也许再没有其他任何一首爱情诗比它更优秀。如今社会上拜金主义盛行，很多年轻人的爱情观发生了扭曲，所以今天我们重读舒婷的《致橡树》，具有重要的意义。下面，请同学们结合诗歌谈一下自己的见解。

生A：在这首诗中，"橡树"和"木棉"是最重要的两个意象。诗人把"橡树"当作自己理想的爱情对象，而把自己比作"木棉"。诗人开篇连续用几个否定句式，批判了我们传统爱情观中"夫唱妇随""夫贵妻荣"等落后的观点。

生B："我必须是你近旁的一株木棉，作为树的形象和你站在一起。""必须"一词，语气强烈。诗人强调爱情中的男女必须各自具有人格上的独立和平等。"根，相握在地下／叶，相触在云里。／每一阵风过／我们都互相致意。"理想的爱情中的男女，彼此心心相印，又相互成长。

生C：我觉得诗人要表达的爱情观是男女有着相同的精神气质，有共鸣的思想和灵魂，既平等独立又风雨同舟。

生D：舒婷的《致橡树》是一首优美的爱情诗，诗文体现了对以地位平等为前提，以人格独立为基础的相互尊重的爱情的向往与赞美，但我觉得如果仅仅将其当作爱情诗，那可能就会陷入"狭隘主义"的泥潭。其实，我最欣赏的就是诗人舒婷在这首诗中所表现出来的批判精神。她以自己的敏感和理性向当时的旧思想和旧观念提出挑战，她的这种批判精神值得我们学习。

师：随着社会的进步，人们对精神世界有了多元化的追求，今天我们重读《致橡树》，无疑会对诗的内涵有新的认识和新的诠释。舒婷在《致橡树》中提出的女性的平等的爱情观和女性的独立人格，至今都对年轻人的爱情观与价值观的确立产生着深远的影响。这首诗，仿佛是一首心灵之歌，萦绕在我们耳畔，指导我们选择正确的方向。

舒　婷

小编有话

　　舒婷在《这也是一切》中表现出她特有的温情、浪漫和理想主义色彩。读完这首诗，就像蒲公英的种子，随风远去，最后又落入读者的心中，埋下希望。这首诗告诉我们，要想学会如何面对生活中的困难甚至灾难，首先要学会承受，然后要奋起。

这也是一切
——答一位青年朋友的《一切》

不是一切大树
　　都被风暴折断；
不是一切种子
　　都找不到生根的土壤；
不是一切真情
　　都流失在人心的沙漠里；
不是一切梦想
　　都甘愿被折掉翅膀。

不，不是一切
都像你说的那样！

不是一切火焰
　　都燃烧自己
　　而不把别人照亮；
不是一切星星
　　都仅指示黑暗
　　而不报告曙光；

不是一切歌声
　　都掠过耳旁
　　而不留在心上。

不，不是一切
都像你说的那样！

不是一切呼吁都没有回响；
不是一切损失都无法补偿；
不是一切深渊都是灭亡；
不是一切灭亡都覆盖在弱者头上；
不是一切心灵
　　都可以踩在脚下，烂在泥里；
不是一切后果
　　都是眼泪血印，而不展现欢容。

一切的现在都孕育着未来，
未来的一切都生长于它的昨天。
希望，而且为它斗争，
请把这一切放在你的肩上。

师生在场

师：舒婷曾说："有的评论家把我的诗跟北岛的《一切》进行比较，并给它冠上虚无主义的美称，我认为这起码是不符合实际的。我笨拙地想补充他，结果思想和艺术都不如他的深刻、响亮和有力。"下面请同学谈一下自己对这首诗的理解。

生A：舒婷在诗歌的一开始，运用了一系列的否定句式，气势平缓，娓娓道来，可以说很走心。

生B:"大树""种子""真情""梦想",这些词语都包含着希望,而且还有女性特有的柔情。北岛的《一切》我还没来得及细读,我觉得北岛的《一切》肯定充满了深邃的、批判的思考和理性。因为男女不同,所以感受的视角也不同。

生C:"未来的一切都生长于它的昨天","未来"是积极向上的未来,因为有爱,就有希望,希望是我们必须为之坚守的责任。

生D:这首诗是诗人舒婷为回应诗人北岛的《一切》而作的,她给我们展现的是积极的生活态度,是对美好未来的坚定信念。它让我们相信:梦想自有光芒,心灵终将自由,思想必将闪光。

师:前面我们在学习北岛的《回答》那节诗歌时,拓展诗歌中有北岛的《一切》这首诗,希望同学们课下再细读一下。这两位诗人都是朦胧诗人,但是却各自有着几乎完全不同的抒情天地,正像黄河与长江虽同源却流向不同的方向一样。黄河流经中国北方严寒的大地,它的浪涛和冰排里,一直保持着源地的冰雪与严寒,而长江流经温暖的南国,它从源地携来的雪水已为南方的温暖所消融。北岛与舒婷的诗作,也分别代表了中国当代诗坛最有影响力量的两股抒情诗的流向。

短句回响

1. 我的忧伤因为你的照耀/升起一圈淡淡的光轮。

——舒婷《会唱歌的鸢尾花》

2. 春天之所以美好、富饶,是因为它经过了最后的料峭。

——舒婷《初春》

3. 我要哭就哭,他们教我还要微笑;我要笑就笑,他们教我还要哭泣。他们是对的,我也是对的。

——舒婷《黄昏剪辑》

4. 这个世界/有沉沦的痛苦,/也有苏醒的欢欣。

——舒婷《致大海》

5. 与其在悬崖上展览千年/不如在爱人肩头痛哭一晚。

——舒婷《神女峰》

拓展阅读

舒婷写给儿子的赠言(节选)

儿子,爱情迟早会来临。有时像春雨,润物细无声,等你觉醒,它已根深叶茂;有时像一记重槌,当胸一杵,顶得你耳鸣目眩,心碎肠断;有时像台风过境,既是烈焰般的轰轰烈烈,也具有毁灭性的一面;更多的是普通人的爱情,游戏般的挫折和考验,小小的惊喜和甜蜜,平淡、庸常、琐碎,然而持久。

我不信任中学时代的恋爱。高中功课紧张,压力大,对爱情难以付出足够的精力和时间,尤其是前景未明,你很难预测你的心上人会不会和你考上同一所大学,更难预测你们有没有足够的爱情来忍受至少四年的分离,包括抵挡其他诱惑。我还不至于土到一提谈恋爱就考虑天长地久,但我也不能新潮到把爱或者情当作摩登时尚或一剂精神泻药。不管初恋成功或失败,不管它是一生一世或者仅仅是过眼烟云,都必须真诚对待,才不会辱没了你和你所爱的人。

我偶尔夜归,见男童三两,缩在黑巷里,轮流吸着烟头,不由担心起来。如果你和班上男同学想知道什么叫吸烟,就邀请他们到家里来,我买一包好烟,你们可以安全地尝试。当然,必须到此为止。只要吸烟,就有可能接触毒品。我对毒品深恶痛绝,势不两立,令我忘记恐惧,然而积极防卫却必不可少。因此儿子,如果你发现已自觉不自觉染上毒瘾(我但愿假设永远只是假设),这不是你一个人的战争,是一个家庭,乃至全社会的共同歼灭战。你将得到所有正义力量的援助,你的父母将不惜一切代价,紧紧握住你的手,直到你彻底摆脱恶魔的阴影。

儿子,无论你遇到什么,失恋、伤痛、过失、吸毒、战争……我都将义无反顾地保持精力和信心,为你的康复与你一起努力斗争。任何时候你感到孤单,渴求温暖,你都会看到身后有我,你从不远离、永不失望的母亲。

儿子,将来你会住到男生宿舍里,有许多晨昏相见的室友。相互投缘就建立友谊，不太喜欢就以礼相待，哪怕口角摩擦，都很正常。如果哪一个男孩儿的热情里掺有其他成分，儿子，你可以私下坦率告诉他，你有女朋友了。可能这是谎言，你仅是在表白你的性爱方式，而且考虑到不伤害别人。我憧憬并期待你的爱情瓜熟蒂落，不要轻易让别的什么赝品替代。

顾　城

顾城(1956—1993)，原籍上海，生于北京一个诗人之家。中国朦胧诗派的重要代表诗人，被称为以一颗童心看世界的"童话诗人"，以灵动的自然意象、儿童的生活视野、天真的画面布局构建了单纯幻想的乌托邦，因此也被称为"唯灵浪漫主义"诗人。顾城始终以孩子的视角观察世界，用童稚化的语言表达对现代城市的拒绝、对成长的焦虑以及对生命的思考。主要诗集有《黑眼睛》《顾城诗集》《顾城的诗》等。其《一代人》中"黑夜给了我黑色的眼睛/我却用它寻找光明"，成为中国新诗的经典名句。

小编有话

这首诗写的是生活于特殊年代的一代青年，在黑暗的现实中依然顽强地追求光明和自由。这首诗也告诉我们，向善向美是人的本性。

一代人

> 黑夜给了我黑色的眼睛
> 我却用它寻找光明

师生在场

师："黑夜给了我黑色的眼睛/我却用它寻找光明。"顾城的这首代表作，广为流传。这首诗写出了那个动乱年代，在现实中扭曲、压抑而顽强成长起来的一代人执着的求索精神，也传达出了整整一代人对于由那个动乱年代引发的人生虚无感、孤独感、寂寞感及其所进行的与绝望相抗争的信念。这首诗是对那个时代一代人的心灵雕塑。下面，请同学们谈一下你对这首诗的理解。

生A："黑夜给了我黑色的眼睛"一句中，"黑夜"象征动乱的年代，"黑色的眼睛"既有实指，又有虚指。实指我们所拥有的黑眼睛，虚指那个年代带给"我"心灵的黑色阴影。

生B：尽管"黑夜"给当时的青年一代带来了灾难，但是他们没有沉沦，在最黑暗的时候，他们仍未失掉对光明的向往。他们是奋起的一代、觉醒的一代！

生C：这首诗概括出了一代人的心路历程，表达了对黑暗的否定、对光明的向往与追求。它也从侧面告诉我们，人类追求光明的本性是多么顽强。

生D：那个黑暗的年代已经结束，现在我们应该从这首诗中寻求更丰富的现实意义，那就是无论环境多么恶劣，我们永远不要停下追求真善美的脚步。

师：面对"黑夜"的荒谬，顾城对人生意义的执着精神表现出屈原式的"吾将上下而求索"，特别是鲁迅式的"绝望而反抗"的精神特征。顾城的执着"寻找"，使他获得了真正的自由和创造力。

小编有话

一个优秀的诗人，他饱尝了生活的酸甜苦辣，却依然童心未泯；他经历了生死离别，却依然珍视短暂美好的瞬间。顾城就是这样一位诗人。在这首诗中，世俗的尘埃和未来的美好都消散了，在心灵和美景交汇的刹那，全部的美好自然呈现。有人曾说，不读顾城，何以算读诗？

门　前

我多么希望，有一个门口

早晨，阳光照在草上

我们站着
扶着自己的门扇
门很低，但太阳是明亮的

草在结它的种子
风在摇它的叶子
我们站着，不说话
就十分美好

有门，不用开开
是我们的，就十分美好

早晨，黑夜还要流浪
我们把六弦琴交给他
我们不走了

我们需要土地
需要永不毁灭的土地
我们要乘着它
度过一生

土地是粗糙的，有时狭隘
然而，它有历史
有一分天空，一分月亮
一分露水和早晨

我们爱土地
我们站着，用木鞋挖着

顾城

　　泥土，门也晒热了
　　我们轻轻靠着
　　十分美好

　　墙后的草
　　不会再长大了，它只用指
　　尖，触了触阳光

师生在场

　　师：《门前》写于1982年8月，诗人以儿童般的遐想完成了节律与意境上的天然纯真。这首诗反映了诗人对大自然、对简单、对纯粹的迷恋。他轻轻地抹去遥远未来的光环，在心和景交汇的一刹那，向我们展现了全部的美好。下面，请同学们谈一下你对这首诗的理解。

　　生A：所有的诗人，可以说都具有儿童情结。当童年的美好被现实触动，灵魂就会唱出动听的歌。我觉得这首诗就是诗人灵魂的倾诉，倾诉他瞬间感知的美好。

　　生B："草在结它的种子/风在摇它的叶子/我们站着，不说话/就十分美好"，我最喜欢这一句，在一个狭小的空间里，"我们"对视着，一切仿佛都静止了，只有时间在无声地流逝。这样美好的画面，也许只有顾城能写出来。

　　生C："墙后的草/不会再长大了，它只用指/尖，触了触阳光"，我非常佩服诗人细腻的感知力，当小草用指尖触了触阳光的一瞬间，它整个的生命历程得到了完美的展现，让我们感受到的是一种安静自足的美好。

　　师：这首诗是饱尝生活苦难而又童心未泯的诗人，向我们展现生命中呈现的短暂美好。它启迪我们生活中处处有美，但是我们要有感知美的能力，不要去盲目地寻找幸福，幸福其实就在你身边。

小编有话

童年的七彩幻想我们都有过，在现实生活中，我们的幻想一次次破灭，但这并没有阻碍我们执着的脚步。朋友，听从自己内心的声音，继续做一个真性情的人，向着自己的人生蓝图进发吧。

我是一个任性的孩子

——我想在大地上画满窗子
　　让所有习惯黑暗的眼睛
　　都习惯光明

也许
我是被妈妈宠坏的孩子
我任性

我希望
每一个时刻
都像彩色蜡笔那样美丽
我希望
能在心爱的白纸上画画
画出笨拙的自由
画下一只永远不会
流泪的眼睛
一片天空
一片属于天空的羽毛和树叶
一个淡绿的夜晚和苹果

我想画下早晨
画下露水所能看见的微笑

画下所有最年轻的
没有痛苦的爱情
画下想象中
我的爱人
她没有见过阴云
她的眼睛是晴空的颜色
她永远看着我
永远，看着
绝不会忽然掉过头去

我想画下遥远的风景
画下清晰的地平线和水波
画下许许多多快乐的小河
画下丘陵——
长满淡淡的茸毛
我让它们挨得很近
让它们相爱
让每一个默许
每一阵静静的春天的激动
都成为
一朵小花的生日

我还想画下未来
我没见过她，也不可能
但知道她很美
我画下她秋天的风衣
画下那些燃烧的烛火和枫叶
画下许多因为爱她
而熄灭的心
画下婚礼

画下一个个早早醒来的节日——
上面贴着玻璃糖纸
和北方童话的插图

我是一个任性孩子
我想涂去一切不幸
我想在大地上
画满窗子
让所有习惯黑暗的眼睛
都习惯光明
我想画下风
画下一架比一架更高大的山岭
画下东方民族的渴望
画下大海——
无边无际愉快的声音

最后，在纸角上
我还想画下自己
画下一只树熊
他坐在维多利亚深色的丛林里
坐在安安静静的树枝上
发愣
他没有家
没有一颗留在远处的心
他只有，许许多多
浆果一样的梦
和很大很大的眼睛

我在希望
在想

但不知为什么
我没有领到蜡笔
没有得到一个彩色的时刻
我只有我
我的手指和创痛
只有撕碎那一张张
心爱的白纸
让它们去寻找蝴蝶
让它们从今天消失

我是一个孩子
一个被幻想妈妈宠坏的孩子
我任性

师生在场

师：鹤莲曾这样评价这首诗：《我是一个任性的孩子》给我们留下了如此美好的画面，如果谁能不为之心动，那么他真的不该拥有读诗的权利。这首诗在某种意义上是顾城作为"童话诗人"的代表性自白，在这首诗中，诗人以一个孩子的眼光和心灵去观察和感受世界，展示了诗人对于天真幻境的无限迷恋。下面，请同学们谈一下自己的阅读体会。

生A：诗人希望用彩色蜡笔在幻想的世界里勾画色彩斑斓的人生蓝图，可是现实是残酷的，"我"的人生蓝图并没有得到社会的认同，最终"我"亲手撕毁了幻想。

生B：诗中的"孩子"并非是真的孩童，而是说用儿童视角和童真的思维来观察思考世界。"妈妈"是一个隐喻，诗人把幻想比作"妈妈"，是想说明一直以来是幻想滋养和哺育了他的思维。

生C：《我是一个任性的孩子》是一座美丽的城堡，里面跳动着诗人一颗纯真脆弱的心，那颗脆弱的心却负荷了太多美丽的梦想。读后，让人感到哀戚。

生 D：顾城的诗是一种真性情的流露，他营造的是一个纯美的世界，在这个世界里，他"任性"地放逐自己的灵魂。

生 E：老师，课下我查阅了诗人的好多资料。我觉得顾城这种任性的孩子气的性格，有其可爱纯洁的珍贵之处，但凡事都有两面性。在对待世界的态度上，北岛着力于"战斗"，舒婷用心于"爱"，而顾城则逐渐采取了完全不负责任的"任性"态度。他任性地使用孩子的权利，他"想涂去一切不幸"，试图以一己之力改变世界，以至于在领不到蜡笔的时候，任性地"撕碎那一张张/心爱的白纸"。任性的顽童到最后容易失控。童话成就了他，最终也将他毁灭。他是一个至死也没有走出精神童年的诗人，拒绝成长是他一切成就和悲剧的原因。他用最天真质朴的语言写作，并最终使自己迷失在这样虚幻的罗网之中。

师：刚才这位同学的发言有自己的思考，非常好！我们要做一个内心简单却又丰盈的人，成长的路上不仅要有自己的真性情，"不忘初心""永葆童心"，同时也要有强大自己内心的力量，敢于面对生活中发生的一切不如意的事情。

短句回响

1. 人可生如蚁而美如神。

——顾城《睡眠是条大河》

2. 命运不是风，来回吹，命运是大地，走到哪儿你都在命中。

——顾城《英儿》

3. 我需要/最狂的风/和最静的海。

——顾城《第八个早晨》

4. 人时已尽，人世很长/我在中间应当休息/走过的人说树枝低了/走过的人说树枝在长。

——顾城《墓床》

5. 我相信/那一切都是种子/只有经过埋葬/才有生机。

——顾城《给安徒生》

6. 只有在你生命美丽的时候,世界才是美丽的。

在你什么也不想要的时候,一切如期而来。

——顾城《顾城哲思录》

7. 我从没被谁知道/所以也没被谁忘记/在别人的回忆中生活/并不是我的目的。

——顾城《早发的种子》

8. 你,一会看我,一会看云。我觉得,你看我时很远,你看云时很近。

——顾城《远和近》

9. 你不愿意种花/你说/"我不愿看见它/一点点凋落"//是的/为了避免结束/你避免了一切开始。

——顾城《避免》

拓展阅读

不爱凑热闹的顾城

在顾城的姐姐顾乡印象中,顾城最大的特点就是"不爱凑热闹"。他上幼儿园时经常一个人在一边看树和蚂蚁。顾城因为一次给同学讲《三国演义》,得到了"故事王"的雅号,尽管他想讲,但还是不喜欢被一群人围着。顾城只好寻求姐姐当他"一个人的听众",如果姐姐没空听,"无奈之下他就进了别的屋子,隔着床一个人对着墙讲起来"。

总是戴高帽

这个活在自己"一个人的城堡"里的顾城,给人印象最深的、最常见的装束,是戴一顶高高的用裤腿改造成的帽子。

1992年6月在荷兰演讲时是这样,1992年12月在德国演讲时也是这样。一顶高高的帽子,在诗人的国度里,又何尝不是一顶想象中的王冠呢?他又何尝不是他自己的"王"呢?顾城后来和妻子谢烨在新西兰激流岛上养鸡种菜的生活也颇有独立王国、自给自足的意味。

他为什么戴帽子？按照顾城自己的解释，是为了避免尘世间污染了他的思想。引用"谌赫"的话：因为他的灵魂告诉我们，他的诗歌告诉我们，他眼中的世界，总会蒙上了一层薄薄的灰尘，而他的高洁却是与生俱来的。

　　那顶帽子，让顾城远离了世界，也亲近了世界。

汪国真

汪国真(1956—2015)，祖籍福建厦门，生于北京，中国当代著名诗人、书画家、作曲家。主要作品有《年轻的潮》《年轻的思绪》《热爱生命》《雨的随想》《我微笑着走向生活》《旅程》等。其诗通俗易懂，读起来朗朗上口。诗人追求走近读者，服务大众的创作宗旨，诗歌表现出来的是积极向上的精神，号召人们热爱生命，热爱生活。他的诗作哲理性比较强，告诉读者许多人生道理，指引我们心胸开阔，潇洒超脱。

小编有话

在这首诗中，诗人回答了一个人生永恒的主题，那就是生命的意义在于过程。亲爱的朋友，无论我们前方的路是平坦还是泥泞，我们都要做到"宠辱不惊，看庭前花开花落；去留无意，望天上云卷云舒"。

热爱生命

我不去想是否能够成功
既然选择了远方
便只顾风雨兼程

我不去想能否赢得爱情
既然钟情于玫瑰
就勇敢地吐露真诚

我不去想身后会不会袭来寒风冷雨
既然目标是地平线
留给世界的只能是背影

我不去想未来是平坦还是泥泞
只要热爱生命
一切，都在意料之中

师生在场

师：《热爱生命》可以说是汪国真的代表作之一，是一首非常励志的诗歌。这首诗以四个肯定的回答表达出要热爱生命的哲理。下面，请同学们谈一下自己的阅读体会。

生 A：这首诗主要说的是生命的意义在于过程。只要你追求过、努力过，无论结果如何，你的人生就没有虚度，就是有意义、有价值的。

生 B：对于人生道路上的困难和挫折，我们要做到处变不惊，以坦然的心态从容面对。

生 C：我觉得这首诗缺乏意境，这是其最大的缺憾。好在诗人并没有进行直白的说教，而是将哲理蕴于其中，为这首诗增添了几分魅力。

生 D：苏格拉底说："快乐就是这样，它往往在你为着一个明确的目的忙得无暇顾及其他的时候突然来访。"热爱生命，不是因为想要获得而去热爱，而是因为热爱而最终获得。我相信，只要心中有爱，有着对生命的一种热爱，一切美好的结果也就在意料之中了。

短句回响

1. 垂下头颅/只是为了让思想扬起/你若有一个不屈的灵魂/脚下，就会有一片坚实的土地。

——汪国真《旅程》

2. 呼喊是爆发的沉默/沉默是无声的召唤。

没有比脚更长的路/没有比人更高的山。

——汪国真《山高路远》

3. 我宁静，是为了让思想活跃；我活泼，是为了让精神宁静。

——汪国真《宁静》

4. 让我怎样感谢你/当我走向你的时候/我原想收获一缕春风/你却给了我整个春天。

——汪国真《感谢》

5. 一个眼神/便足以让心海　掠过飓风。

——汪国真《只要彼此爱过一次》

6. 世界上有不绝的风景，我有不老的心情。

——汪国真《我喜欢出发》

7. 到远方去到远方去/熟悉的地方没有景色。

——汪国真《熟悉的地方没有风景》

拓展阅读

名家背影（节选）

胡念邦

如果不是媒体报道了这位诗人59岁的生命遽然逝去，或许，我永远不会想起20多年前有过这样一位诗人，永远不会记起他那些一夜之间花开满枝却在清晨凋零的诗。

如今，寂寞的诗人在落寞中死去，久违了多年的身姿重新出现在报纸上，却已不再是他年轻的模样。20多年前，照片上的汪国真就像他的诗句一样，美好、单纯、平滑，没有一丝褶皱。

"沧桑抹去了青春的容颜，却刻下了纵横交错的山川。"如此轻盈的诗句只因他年轻才能写出来，无言的解读却要等到老年。隽丽而富有朝气的诗句抗拒不了时间的残忍，似乎只是夜间的一更，沧桑便将沉郁和深思镌刻在了诗人曾经充满憧憬的脸上。

20多年凝固成的这一瞬间，仿佛将他全部的诗歌重新诠释。

143

不知道为什么，他的诗会在那样一个特定的时候出现；也不知道为什么，这样的诗句会即刻俘获众多少男少女的心。我们所能知道的是，有许多诗人瞧不起他，不承认他是诗人，尤其是在愤世嫉俗的诗人那里，他不仅受冷落，而且遭蔑视。甚至在他离开这个世界后，一位著名诗人依然愤愤地说，汪国真的诗全是假诗，完全是对诗歌的一种毒害——他的愤怒竟然能保持20年之久。

说实话，当年，我也不喜欢汪国真的诗。我并不懂诗，只是觉得他的诗太清浅、不深刻，离真正的人生太遥远。那些诗行，更像是校园青草地上幻化着片片霓虹的露珠，面对夜间流血的伤口，能有什么功效呢？

文如其人。汪国真的诗就是汪国真这个人——那时，我们只会这样看；我们也一直是这样看的：写出这种诗句的人，毫无疑问属于桃源中人，轻飘、自安；没有忧患意识，不关注现实，背对人间苦难。实际上，这不是论断一个人的诗歌，而是在论断一个人。2009年的一次诗歌节上，汪国真被冷落在一隅。无论是"60后"，还是"70后""80后"，没有一个人过去与他交谈，只在他的背后戳戳点点，把一位诗人当成笑谈。

今天，当我人生的尘埃已渐渐落定，再一次凝视诗歌节上的这一场景时，有一些心酸，有一些隐痛，还有一种亏欠。即使不喜欢读他的诗，也不应该这样对待一个人。我也是妄意评说汪国真背影的其中的一个。在人世间，有谁能分辨自己与他人眼中的梁木和刺呢？

朋友说："这个放浪不羁的汪国真，才像大家级别的诗人。"

汪国真，一个有良知、有公义、有担当，充满了人文关怀的知识分子，一个对生活、对生命、对美好事物充满了真诚的诗人。

这是汪国真留给世人的真实背影。

海 子

海子(1964—1989),原名查海生,中国当代诗人。海子是中国20世纪最后的一个天才诗人。他在短暂的生命中,保持了一颗圣洁的心。在极端贫困、单调的生活环境里,他凭着辉煌的才华、奇迹般的创造力、敏锐的直觉和广博的知识,创作了近200万字的诗歌、小说和戏剧。主要作有《面朝大海,春暖花开》《山楂树》和《春天,十个海子》等。

小编有话

王小波曾说:"一个人只拥有此生此世是不够的,他还应该拥有诗意的世界。"海子的《面朝大海,春暖花开》向我们传递的温暖和美好,告诉我们人生应该有诗意,世界应该有诗意。我们不仅可以拥有此生此世,也可以拥有一个诗意的世界。让我们从此刻的幸福出发,去拥抱眼前的世界吧。

面朝大海,春暖花开

从明天起,做一个幸福的人
喂马,劈柴,周游世界
从明天起,关心粮食和蔬菜
我有一所房子,面朝大海,春暖花开

从明天起,和每一个亲人通信
告诉他们我的幸福

那幸福的闪电告诉我的
我将告诉每一个人

给每一条河每一座山取一个温暖的名字
陌生人,我也为你祝福
愿你有一个灿烂的前程
愿你有情人终成眷属
愿你在尘世获得幸福
我只愿面朝大海,春暖花开

师生在场

师:这首诗写于1989年1月13日,距诗人卧轨自杀只有两个多月的时间。《三月殇——评海子的短诗》中有这样一段话:"人们说这首《面朝大海,春暖花开》是海子诗篇中最明朗、最温暖的一首。诗中有许多充满希望的字眼……但是,在温暖的春天里,隐藏着冬天的讯息——一种隐隐作痛的危险与悲凉。"下面,请同学们谈谈你的阅读体会。

生A:诗人想象中的尘世,是幸福美好的,但是我们细细品味,就能感觉到诗人隐含的忧伤。因为诗人所有美好的憧憬都是"从明天起"。"从明天起"意味着"今天"的不如意、不幸福,今天的诗人是孤独的,是没有在尘世获得幸福的。

生B:"我只愿面朝大海,春暖花开","只愿"两字表明幸福是你们的,"我"情愿独面大海,背对世俗。他把幸福的祝福给了别人,尘世的幸福与他无关。联想到两个月后诗人的自杀,我的内心涌现出一份悲凉。

生C:从这首诗中,我们能读出诗人的真诚、善良和博大的胸怀。他"给每一条河每一座山取一个温暖的名字/陌生人,我也为你祝福"。诗人已完全脱离个人的"小我",把自己的幸福化为对除自身以外所有事物的爱。诗人爱每一条河、每一座山,连陌生人他也祝福,诗人超越"自我"进入了博爱的境界。"给每一条河每一座山取一个温暖的名字",我们仿佛面对的不是诗句,而是一幅水墨山水画。"温暖"二字,让没有生命的河和山有了人的气息。

师:海子是一个沉湎于心灵的孤独之旅的诗人,他对生命终极存在的关怀与眷顾,在某种意义上是与世俗生活无法共存的。他的孤独不是来自社会,而是一种与生俱来的旷古的悲剧情结的体现。海子消失了,可是他的生命已经化为他的诗歌,他的诗歌将长存于我们的记忆。海子是一个既无法重复,也无法仿效的诗歌英雄。生的海子是痛苦的,而死后的海子应该是幸福的,他不仅永存于青史,而且启发了一大批人开始关注自己的内心世界并追求真正的幸福。愿海子在另一个世界得到他想要的幸福。

小编有话

在这首诗中,"姐姐"是一个温暖的称谓,是诗人自我建立起来的一个心灵诉说的对象,是诗人深沉情感的寄托与慰藉。荒凉的戈壁滩,无边的黑夜,死亡般的空寂,吞噬着诗人的善良和博大情怀,唯有"姐姐"是诗人灵魂情感的栖息地。亲爱的朋友,愿你我都有这样一位"姐姐"。

日 记

姐姐,我今夜在德令哈,夜色笼罩
姐姐,我今夜只有戈壁

草原尽头我两手空空
悲痛时握不住一颗泪滴
姐姐,今夜我在德令哈
这是雨水中一座荒凉的城

除了那些路过的和居住的
德令哈……今夜

这是唯一的，最后的，抒情
这是唯一的，最后的，草原

我把石头还给石头
让胜利的胜利
今夜青稞只属于她自己
一切都在生长
今夜我只有美丽的戈壁　空空
姐姐，今夜我不关心人类，我只想你

师生在场

师：这首诗是诗人途经德令哈时写下的，这首充满孤独与温情的诗湿润了很多人的情愫。海子曾得到过这样的评价："在整个新诗史上，没有哪个诗人的抒情姿态比海子更为彻底。"下面，请同学们解读一下海子在这首诗中抒发了怎样的情感。

生A："只有戈壁""两手空空""悲痛时握不住一颗泪滴"，这些读来让人辛酸的词句，不禁让人想到海子当时的处境：没有朋友，没有亲人，没有爱情。那一刻的海子是孤独和寂寞的。

生B：初读这首诗，我会被诗中的高尚情感感动，感动"我"对"姐姐"的那份执着与深沉之情。但是细品，我感觉到了诗中所传递的悲凉、孤寂和绝望，又感到心痛。

生C：今夜的德令哈在诗人内心深处是一座绝望的荒凉的城，这座城让他万念俱灰，这座城每一分每一秒都在吞噬着他的灵魂。

生D：这篇看似充满性情的诗歌，事实上，才是让诗人真正走向死亡的绝望。

短句回响

1. 远方除了遥远一无所有。

——海子《远方》

2. 珍惜黄昏的村庄,珍惜雨水的村庄/万里无云如同我永恒的悲伤。

——海子《村庄》

3. 谁的声音能抵达秋之子夜　长久喧响。

——海子《秋》

4. 我有三次受难:流浪、爱情、生存/我有三种幸福:诗歌、王位、太阳。

——海子《夜色》

5. 再不提起过去/痛苦与幸福/生不带来　死不带去。

——海子《秋日黄昏》

6. 天空一无所有/为何给我安慰。

——海子《黑夜的献诗》

7. 远在远方的风比远方更远/我的琴声呜咽/泪水全无。

——海子《九月》

8. 风后面是风/天空上面是天空/道路前面还是道路。

——海子《四姐妹》

拓展阅读

"神童"海子

海子自小天赋异禀,记忆力超群,基本能做到过目不忘。

"文化大革命"时期,村里搞"三忠于",不管老人孩子都时兴背语录,诵"老三篇"。1969年,海子5岁,由父亲领着参加了当地公社举办的背诵"语录"比赛。海子一口气背诵了48条"毛主席语录",且一字不差,全场惊叹。5岁的海子获得了第一名,当场得了奖状和一套《毛泽东选集》。海子"神童"的称号自此名扬乡里。

更让"神童"海子出名的是在1979年,15岁的海子以当地文科"高考状元"的身份考上北京大学法律系,这成了处于偏远之地的安徽怀宁县的大新闻。远近都知道查湾村的查裁缝家出了个15岁读北大的"神童"。

海子卧轨自杀

  山海关至龙家营之间有一段火车慢行道，1989年3月26日黄昏，海子在此卧轨自杀。自杀时海子身边带有4本书：《新旧约全书》、梭罗的《瓦尔登湖》、海尔达尔的《孤筏重洋》和康拉德的《康拉德小说选》。法医检验，海子胃里面竟没有粮食，只有两个腐烂的橘子。他口袋里留下了仅有一句话的遗言："我的死与任何人无关。"

  自杀前，海子将他在昌平居住的两间房子打扫得干干净净。门厅里迎面贴着一幅凡·高油画《阿尔疗养院的庭院》的印刷品，左边房间里一张地铺摆在窗下，靠南墙的桌子上放着他从西藏背回来的两块喇嘛教的石头浮雕和一本16、17世纪之交的西班牙画家格列柯的画册。右边房间里沿西墙一排三个大书架，另一个书架靠在东墙，书架上放满了书。屋内有两张桌子，门边那张桌子上摆着主人生前珍爱的七册印度史诗《罗摩衍那》。这就是海子1989年春天的住所。

  海子在世上生活了25年，他的文学创作只持续了7年，大概是在大学三年级时开始诗歌创作的。在他生命的最后两年里，他像一颗年轻的星星，争分夺秒地燃烧，然后突然爆炸。海子身后留下了近200万字的文学作品，有诗歌、诗学笔记和小说等，而日记仅记有3篇。海子将所有的诗稿请人誊抄和自己整理后，放在从家乡带来的旧木箱子里。这个箱子是他15岁上北大时从安徽老家带来的。箱子里除了遗稿还有家信。

莎士比亚

莎士比亚(1564—1616)，英国伟大的戏剧大师、诗人，欧洲文艺复兴时期的文学巨匠，被誉为"时代的灵魂"。其一生作品甚多，共有39部戏剧，154首十四行诗，两首长叙事诗。莎士比亚的戏剧代表作有《罗密欧与朱丽叶》《威尼斯商人》《无事生非》《哈姆雷特》《李尔王》等。英国古典主义者德莱登认为："莎士比亚有一颗通天之心，能够了解一切人物和激情。"

小编有话

五月是自然界最昌盛的时刻，枝叶墨绿，繁花遍地。可是，"你"比这美丽的季节更可爱温婉，"你"所有的美能抵御时光的流泻，在人类历史的长河中，"你"是永恒的。朋友，愿你我的长夏也永远不会凋谢。

你的长夏永远不会凋谢

我怎能够把你来比拟作夏天？
你不独比他可爱也比他温婉；
狂风把五月宠爱的嫩蕊作践，
夏天出赁的期限又未免太短；
天上的眼睛有时照得太酷烈，
他那炳耀的金颜又常遭掩蔽；
给机缘或无偿的天道所摧残，

没有芳颜不终于凋残或销毁。
但你的长夏将永远不会凋落,
也不会损失你这皎洁的红芳;
或死神夸口你在他影里漂泊,
当你在不朽的诗里与时同长。
只要一天有人类,或人有眼睛,
这诗将长在,并且赐给你生命。

(梁宗岱 译)

师生在场

师:这首诗虽重在说理,但写得毫不干枯。新颖巧妙的比喻,使全诗形象鲜明,富于生气。层层深入的逻辑推理,出其不意的结论,曲折跌宕,更为这首诗增添了不少理趣。下面,请同学们谈一下你对这首诗的理解。

生 A:《你的长夏永远不会凋谢》是一首带有哲理性的抒情诗,通篇以夏为喻,说明美借诗而永存的道理。

生 B:诗的开头将"你"和夏天相比较,但是,"你"却比夏天可爱多了。"你"与人类同在并且不朽。从这些诗句中,我感觉诗中的"你"指的是诗歌,或者是人类的精神、思想的精华。

生 C:"没有芳颜不终于凋残或销毁""当你在不朽的诗里与时同长"这两句,说明诗人坚信人类是不朽的,人类创造的有价值的文学作品是不朽的,美好的事物可以借助文学而永远流传下去。

生 D:诗中的"你",无论是哪一种理解,我们都会被作品的艺术魅力和诗人传递出的爱所征服。

师:"这诗将长在,并且赐给你生命。"这是这首诗的主题。诗人的这一思想已深深印在心中,在诗人的其他作品中也经常出现。例如,"白石,或者帝王们镀金的纪念碑/都不能比这强有力的诗句更长寿;你留在诗句里将放出永恒的光辉"。

短句回响

1. 黑夜无论怎样悠长，白昼总会到来的。

——莎士比亚《麦克白》

2. 没有受过伤的人才会讥笑别人身上的创痕。

适当的悲哀可以表示感情的深切，过度的伤心却可以证明智慧的欠缺。

——莎士比亚《罗密欧与朱丽叶》

3. 报复不是勇敢，忍受才是勇敢。

——莎士比亚《雅典的泰门》

4. 凡事需多听但少言，聆听他人之意见，但保留自己之判断。

一个人成长的过程，不仅是肌肉和体格的增强，而且随着身体的发展，精神和心灵也同时扩大。

——莎士比亚《哈姆雷特》

5. 外观往往和事物的本身完全不符，世人却容易为表面的装饰所欺骗。

世间的很多事物，追求时候的兴致总要比享用时候的兴致浓烈。

——莎士比亚《威尼斯商人》

6. 本来无望的事，大胆尝试，往往能成功。

——莎士比亚《维纳斯与阿都尼》

7. 不知感恩的子女比毒蛇的利齿更痛噬人心。

——莎士比亚《李尔王》

8. 爱所有人，信任少数人，不负任何人。

——莎士比亚《皆大欢喜》

拓展阅读

莎士比亚和他的四大悲剧

莎士比亚是欧洲文艺复兴时期英国最伟大的剧作家和卓越的人文主义思想的代表。别林斯基曾说："这位神圣而崇高的莎士比亚对地狱、人间和天堂全都了解。他是自然的主宰……通过了他的灵感的天眼，看到了宇宙脉搏的跃动。他的每一个剧本都是一个世界的缩影，包含着整个现在、过去及未来。"

1564年4月23日，莎士比亚出生于英国瓦维克郡斯特拉特福镇的一位富裕的市民家庭。他少年时代曾在当地一所主要教授拉丁文的文法学校学习，掌握了写作的基本技巧与较丰富的知识，但因父亲破产，他未能毕业就走上独自谋生之路。他当过肉店学徒，也曾在乡村学校教过书，还干过其他各种职业，这使他增长了许多社会阅历。

18岁时，他和一个农场主的女儿结了婚，几年后就做了三个孩子的父亲。22岁时，他离开家乡独自来到伦敦，最初是给到剧院看戏的绅士们照料马匹，后来他当了演员，演一些小配角。1588年前后，他开始写作，先是改编前人的剧本，后来便开始独立创作。当时的剧坛为牛津、剑桥背景的"大学才子"们所把持，一个成名的剧作家曾以轻蔑的语气写文章嘲笑莎士比亚这样一个"粗俗的平民""暴发户式的乌鸦"竟敢同"高尚的天才"一比高低！然而，这些讥讽不仅没有使莎士比亚灰心丧气，反而让他更加刻苦努力。最终，莎士比亚赢得了包括大学生团体在内的众多观众的拥护和爱戴。

他一生创作勤奋，共写了39个剧本。在这些剧作中，有著名的"四大喜剧"和"四大悲剧"。"四大悲剧"包括《哈姆雷特》《奥赛罗》《李尔王》《麦克白》，是其悲剧作品中最著名的四部。

《哈姆雷特》写的是丹麦王子哈姆雷特回国奔丧，父王鬼魂诉冤，嘱其报仇的故事。王子装疯，安排"戏中戏"，证实了新王弑兄的罪行。然后王子错杀大臣，被打发出国，但他洞察阴谋，中途折回，识破新王诡计。新王因此备下毒酒、毒剑，挑唆大臣之子与王子决斗，欲置之于死地。最终，三人同归于尽，王子的母亲也误饮毒酒而死。

主人公哈姆雷特在为父报仇的过程中，心理上所呈现出来的犹豫、烦恼、悲愁，即坚强和软弱两种对立的性格在主人公身上的表现，构成他内心冲突的也是因为人文主义理想与现实之间的巨大距离。

《奥赛罗》写的是威尼斯大将、摩尔人奥赛罗与元老之女苔丝狄蒙娜倾心相爱，冲破家庭阻力结为夫妻并一同出征的故事。旗官伊阿古因个人私怨，设计诬陷苔丝狄蒙娜与他人有私情。奥赛罗轻信中计，亲手将妻子掐死。最后真相大白，奥赛罗悔恨交加，拔剑自刎。《奥赛罗》探讨了爱情和嫉妒的本质，体现了一代人文主义者的憧憬和悲哀，震人心弦。

《李尔王》叙述了不列颠王李尔将国土分给了花言巧语的大女儿和二女儿，而将秉性耿直的小女儿远嫁法国的故事。李尔王最终遭到大女儿和二女儿的百般虐待，流落荒野，疯癫而死。剧中李尔王在面对选择时，坚持己见，一意孤行，最终流放了自己，牺牲了他最爱的女儿。而造成这一悲剧的根源，是他"不识庐山真面目，只缘身在最高层"的王权身份。王权带给他的是一种高高在上的傲慢姿态，而对王权的掌控也使他变得狭隘，最终难以逃脱悲剧的下场。作者也借李尔王的故事，写出了人间的希望与失望的滋味。

《麦克白》主要描写了苏格兰大将麦克白受女巫诱惑，在野心和夫人的唆使下，杀君自立，后终日被噩梦纠缠，神思恍惚，其妻也发狂自杀而死的故事。最后王子率兵讨伐，麦克白兵败而死。《麦克白》解剖了犯罪带来的良心上的斗争，同时也就人生意义作了"天问"。

在莎士比亚的悲剧里，主人公们虽然死了，令人心痛，但悲剧主人公为之奋斗的理想却胜利了，使人感到前途光明。悲剧主人公之死给人以悲壮感，而不是单纯的悲哀，更不是悲观。例如，在《哈姆雷特》中，主人公哈姆雷特死了，挪威王子福丁布拉斯带领大军来到，宣布丹麦恢复正常秩序；在《李尔王》里，李尔死了，忠于他的臣子奥本尼公爵、肯特伯爵和爱德伽齐心合力，重整国家；在《奥赛罗》里，过于善良，受阴谋家伊阿古欺骗和挑拨，错杀了自己妻子的奥赛罗，认识到自己所犯的可怕错误后，为了惩罚自己，自杀了，他的副将凯西奥马上接任处理军政事务，并逮捕了恶棍伊阿古，将对其处以严刑。总之，尽管悲剧中的主人公付出了惨重代价，失去了自己的生命，但正义的前途却是光明的，给人以安慰和鼓舞。

普希金

普希金(1799—1837)，全名亚历山大·谢尔盖耶维奇·普希金，俄国著名的文学家、诗人，被誉为"俄国文学之父""俄国诗歌的太阳"，还被高尔基誉为"一切开端的开端"。代表作有诗歌《自由颂》《致大海》《致恰达耶夫》《假如生活欺骗了你》，诗体小说《叶甫盖尼·奥涅金》，小说《上尉的女儿》《黑桃皇后》，叙事长诗《青铜骑士》等。

以普希金诗篇作脚本的歌剧《叶甫盖尼·奥涅金》《黑桃皇后》《鲁斯兰与柳德米拉》《茨冈》等，无一不是伟大的音乐作品。其抒情诗也被谱上曲，成为脍炙人口的艺术歌曲，有的作品还被改编成芭蕾舞，成为舞台上不朽的经典。

小编有话

在这首诗中，诗人告诉我们：痛苦和悲伤终会成为过去，而对痛苦和悲伤的回忆让我们感觉美好。这是诗人的人生经验，也是生活的真谛。朋友，读了这首诗，相信你对痛苦和悲伤又有了新的认识。

假如生活欺骗了你

假如生活欺骗了你，
不要悲伤，不要心急！
忧郁的日子里须要镇静：
相信吧，快乐的日子将会来临。

心儿永远向往着未来；

普希金

现在却常是忧郁：
一切都是瞬息，一切都将会过去；
而那过去了的，就会成为亲切的怀恋。

（戈宝权　译）

师生在场

师：这首诗写于普希金被沙皇流放的日子里。从1824年8月至1826年9月，诗人经历了一段极为孤独寂寞的时光。那时俄国革命如火如荼，诗人却被迫与世隔绝。孤寂之中，除了读书、写作，邻近庄园的奥西波娃一家也给诗人愁闷的幽禁生活带来了一片温馨和慰藉。这首诗是诗人为奥西波娃的女儿写的，后来不胫而走，成为诗人广为流传的佳作。诗人通过自己真真切切的生活感受，向女友提出了劝慰。整首诗充斥着积极向上的人生态度。下面，请同学们解读这首诗告诉了我们怎样的人生哲理。

生A：诗人用这种面向未来的积极的生活观，给人以鼓励。同样，诗人也用这种生活观自勉。

生B：诗人在诗中提出了一种面向未来的生活观。我们的心儿要憧憬着未来，尽管现实的世界可能是令人悲哀的。我们可能感受到被欺骗，但这是暂时的。我们不会停留在这儿，不会就在这儿止步，我们有美丽的未来。

生C：诗人对生活的假设，引起了很多人的共鸣，说出了很多人的生活感受。正是这种生活观，这种对人生的信心，这种面对坎坷的坚强和勇敢，使得这首诗流传久远。

生D：这首诗告诉我们，生活只能靠自己，要做一个生活的强者，要怀着一颗平常心去直面今天的现实。

短句回响

1. 上天让我们习惯各种事物，就是用它来代替幸福。

——普希金《叶甫盖尼·奥涅金》

2. 这世上没有幸福，却有意志和安宁。

——普希金《该走了，我的爱人……》

3. 我们喜爱高尚的谎话，胜过喜爱许许多多的真理。

——普希金《英雄》

4. 有人在思念我，在世间我活在一个人的心里。

——普希金《我的名字》

5. 没有这个特点就没有真正的诗歌。这个特点就是灵感的真实性。

——普希金《评论之评论》

6. 谁要是喜爱真理，那他就能看透人们阴暗的心底。

——普希金《鲁斯兰与柳德米拉》

7. 文字会启发你的心智。

——普希金《鲍里斯·戈东诺夫》

8. 你必须收容流氓和坏蛋，才能组织一支大军。

——普希金《科隆那的小房子》

9. 人的影响短暂而微弱，书的影响则广泛而深远。

——普希金

10. 灾难刹那间就会过去，你遭到的只是暂时的祸殃！

——普希金《鲁斯兰与柳德米拉》

拓展阅读

小普希金主持正义

1799 年，普希金出生在莫斯科一个古老的贵族家庭，早年受到农奴出身的保姆的影响，对生活在底层的人民充满关怀与同情。

有一次，仆人尼基塔带着小普希金在莫斯科城里散步。忽然，一个衣着华丽，长得肥头大耳的男孩迎面走来。尼基塔看了他一眼，没想到这竟惹恼了那个男孩。那男孩不由分说，朝尼基塔的头上打了一棍子。尼基塔挨打后，用手捂住脑袋，一声也不敢吭，直愣愣地站在原地，而那个打人的男孩却若无其事地想要扬长而去。

小普希金看在眼里,恨在心头,他大喝一声:"站住,小坏蛋!凭什么打人?"他一边说一边追了上去,一把揪住那个男孩的衣领,当即给了他一记耳光。

男孩儿扔下棍子,同普希金厮打起来。尼基塔慌了,赶忙跑过去,把他们拉开,并劝普希金说:"我的小主人,您还不懂奴仆生来就是挨打受骂的命啊!有什么办法呢?"

小普希金纠正说:"你说得不对!有一本书里写过,贵族和奴仆都是上帝的儿子,上帝的儿子生来就是平等的,所以这个小坏蛋没权打你。"

小普希金怒视着那个男孩,又举起了拳头说:"你要向我的尼基塔大叔赔礼道歉,不然,我就要与你决斗!"男孩听普希金说要和他决斗,就很不情愿地向尼基塔鞠了一躬,然后悻悻地走开了。

莱蒙托夫

莱蒙托夫(1814—1841)，俄国著名作家、诗人，被视为普希金的后继者。他是专制主义统治下的个人主义英雄，也是普希金之后才情最高的俄国诗人之一，被别林斯基誉为"民族诗人"。他的长诗《恶魔》、中篇小说《当代英雄》、剧本《假面舞会》等是世界文学史中的瑰宝。

小编有话

《帆》是莱蒙托夫的代表作，写于1832年，当时的俄国正处在沙皇专制统治下的黑暗窒息的社会里。诗人将渴望自由与解放的情感寄托于"帆"的诗艺形象中，激起人们对美好的向往与追求。淡蓝的云雾，无边的大海，一点白帆，多么美丽的风景！但是帆祈求的永远是风暴，在风暴中才安详。亲爱的朋友，你心中的那一片帆要去哪儿远航？

帆

在那大海上淡蓝色的云雾里
有一片孤帆儿在闪耀着白光！
……
它寻求什么，在遥远的异地？
它抛下什么，在可爱的故乡？
……

莱蒙托夫

波涛在汹涌——海风在呼啸,
桅杆在弓起了腰轧轧地作响
……
唉!它不是在寻求什么幸福,
也不是逃避幸福而奔向他方!

下面是比蓝天还清澄的碧波,
上面是金黄色的灿烂的阳光……
而它,不安的,在祈求风暴,
仿佛是在风暴中才有着安详!

(余振　译)

师生在场

师:《帆》是莱蒙托夫的代表作。当时,俄国处在沙皇专制统治下的黑暗社会。阅读这首诗,请同学们思索:帆儿在寻觅着什么?

生A:帆渴望的是风暴,它在与风暴搏击中才能体验到生命的力量和充实。对于帆而言,幸福和安宁都已经不重要,重要的是不断与厄运抗争。

生B:诗人把自己的心绪寄托在那一点帆影上,他的心要随帆远游。诗歌通篇写的是白帆,但目的却是写自己的追求。"它寻求什么""它抛下什么",表面是帆在发问,实则更是诗人在自问:我要寻求什么?

生C:诗人借助帆来表现自我的精神追求,以帆拟人。在象征性的画面及人格化的描摹中,诗人歌颂了向往自由、不懈追求的志向与灵魂。

师:"帆"是一个与俗世相抗衡、躁动不安、永恒探索的高傲灵魂的象征,孤帆正是诗人自己的形象,诗人借写帆的孤独来写自己的孤独。《帆》中的风暴和宁静有三重意蕴:自然的风暴和宁静、社会的风暴和宁静、心灵的风暴和宁静。这也揭示了诗人自己的三种境况。

短句回响

1. 也许我爱的已不是你，而是对你付出的热情。就像一座神庙，即使荒芜，仍然是祭坛。一座雕像，即使坍塌，仍然是神。

——莱蒙托夫《无题》

2. 从我们相遇的一刻起，你是我白天黑夜不落的星！

——莱蒙托夫《乌黑的眼睛》

3. 我可以一连二十次把自己的生命甚至名誉孤注一掷，可是决不出卖自己的自由。

——莱蒙托夫《当代英雄》

4. 为每个晴朗的日子、甜美的一瞬/你将向命运付出眼泪与哀愁。

——莱蒙托夫《因为什么》

5. 没有痛苦岂是诗人的生涯？缺了风暴怎算澎湃的大海？

——莱蒙托夫《我要生活！我要悲哀……》

拓展阅读

莱蒙托夫与高加索

在俄罗斯文学史上，高加索的闻名是从两位伟大的诗人——普希金和莱蒙托夫——开始的。他们都曾被流放此地，并留下了关于高加索的美丽诗篇。普希金先于莱蒙托夫来到高加索，继普希金之后，被誉为普希金继承者的莱蒙托夫又继续在高加索这个令人向往的神秘之地，驰骋着他放飞的梦想，并凝结成了他的高加索情结。

高加索既是普希金的创作摇篮，也是莱蒙托夫的创作摇篮。当普希金被流放到高加索，并在这里诞生了第一部高加索的作品《高加索的俘虏》时，莱蒙托夫还处在幼年中。

但是，莱蒙托夫幼年时就与高加索结下了不解的缘分。由于幼年体弱多病，他曾几次到高加索的五岳城矿泉疗养，最后一次去高加索时，他也不过才10岁。凭着儿时对高加索的记忆，莱蒙托夫写了很多怀念性的诗篇:"儿童时候我曾用畏缩的脚步/攀登过你的这些高傲的山峰,/他们好像安拉的崇拜者的头/缠裹着洁白的冰雪的缠头巾。""你们曾抚育过我的童年;你们把我抱在你们荒野的山岭间,给我披上云霞的衣衫,你们使我习惯于跟上天交接,而从那时起我老在想着你们和上天。"

从这些诗句中,我们可以看出,高加索在莱蒙托夫幼小的心灵中是神圣和崇高的。10岁的莱蒙托夫,在高加索竟然喜欢上了一个金发碧眼的小姑娘,于是对高加索的爱又因了爱屋及乌而变得更加深厚了。难怪诗人在他的抒情诗《高加索》中,将自己对高加索的怀念比作对心爱的恋人的思念,将自己对高加索的爱比作对祖国的爱、对早逝的母亲的爱,可见他对高加索的爱之深、爱之真。在他的一篇长诗中,高加索以更加形象的画面进入读者的视野:高加索的大自然,山民的生活,还有山民与俄罗斯人的战争。他一次次走进高加索,正像他自己所言:"我不是你山峦的陌生的旅客。"

最终,莱蒙托夫再次来到了他梦中的"伊甸园",但他万万不会想到,他与高加索竟是以这种方式再次相遇的。

流亡俄国的法国贵族青年丹特士因普希金的妻子而无礼地侮辱了普希金,逼使普希金与他决斗。决斗以后,悲愤的普希金受重伤去世。莱蒙托夫虽与普希金并不相识,但他非常钦佩普希金的才华,听到普希金惨死的消息,就写下了《普希金之死》一诗。在诗中,莱蒙托夫勾画出了杀害普希金的凶手的可憎形象,把那些站在丹特士背后的朝臣看成是陷害普希金的真正罪人,并把他们送到社会舆论的法庭上。

这首诗大胆表达了俄罗斯进步人士对普希金之死的悲伤和痛苦,获得了很大的成功,莱蒙托夫的名字也因此被荣誉照亮了。但这些大胆揭露朝廷的诗,引起了当朝权贵们的不满。不久,莱蒙托夫被捕,几天之后,他被流放到高加索。那时,他年仅23岁。

他又见到了高加索,他欣喜若狂。"曾经是小孩子,而今是放逐者,/对你的致意感到兴奋而快乐。/我深情地响应你友谊的召唤,/最大的慰安流入了我的心窝;/我在这里,我在这南国的地方,/将尽情地幻想着你,向你歌唱。"他好像见到了久违的老朋友,仔细打量着高加索，热烈奔放地将其描绘了出来。在《童僧》《恶魔》中，高加索的大自然被从头到尾完全地展现在我们面前。它的悬崖峭壁、茫茫云海、万丈深渊、花草树木以及飞禽走兽，对诗人来说是那样富有吸引力。《童僧》中童僧逃离寺院，重新见到故乡高加索的心情，恰恰是莱蒙托夫又一次见到高加索时心情的写照："白头的高加索正屹立不动；此刻我不知因为什么，心头早变得轻松快乐。一个神秘的声音对我说：我也曾在那里生活过，于是，往事愈来愈清晰……"诗人此时已忘记自己屈辱的身份，而忘情于与高加索的相遇。

在莱蒙托夫早期的抒情诗里，高加索是诗人儿时向往的乐土，"那里空气清新，如同儿童的祈祷。人像自由的鸟儿，无忧无虑地生活着"。在一些长诗里，他利用关于高加索的传说和故事，扩展着对高加索诗意般的幻想和怀念。在他的长篇小说《当代英雄》里，诗人渗入了自己被流放后的心境。高加索成了他孤独、受伤的心灵栖息的地方，成了他最值得信赖的沉默的朋友，他疲惫的心灵在高加索的大自然中，得到了从未有过的休息和解放。

从童年的高加索之旅到流放中的重逢，莱蒙托夫的心愈加贴近了高加索，似乎冥冥中注定了他和高加索难舍难分。然而，在普希金与丹特士决斗之后第四年，悲剧命运同样降临到莱蒙托夫头上。莱蒙托夫与军官学校的同学玛尔丹诺夫因一件小事发生冲突，进行了决斗。玛尔丹诺夫这个头脑空虚而又自高自大的花花公子先开了枪，枪弹击中了莱蒙托夫的心脏，年仅27岁的莱蒙托夫就像普希金一样，不幸地结束了宝贵的生命。最终，莱蒙托夫死在了这个一直令他心驰神往、诗情缱绻的地方。

裴多菲

裴多菲(1823—1849)，匈牙利爱国诗人和英雄，革命民主主义者，也是匈牙利民族文学的奠基人。他在抵抗沙俄军队的瑟克什堡大血战中牺牲，年仅26岁。

小编有话

这是裴多菲写给爱人尤丽娅的一首爱情诗。诗人调动起全身爱的细胞，向自己的爱人进行了真挚的表白。一系列鲜活意象的排列递进，营造了情感流动的回旋天地。全诗清新、自然，毫无造作之感，同时，又给了爱情一个新的诠释——朴实、自然，是爱情诗中的珍品。当时，尤丽娅的家人不认同裴多菲，但因为裴多菲诗歌的触动和鼓励，尤丽娅在一年后克服家庭的阻碍，同裴多菲走进了婚礼的殿堂，有情人终成眷属。

我愿意是急流

我愿意是急流，
山里的小河，
在崎岖的路上、
岩石上经过……
只要我的爱人
是一条小鱼，
在我的浪花中

快乐地游来游去。

我愿意是荒林，
在河流的两岸，
对一阵阵的狂风，
勇敢地作战……
只要我的爱人
是一只小鸟，
在我的稠密的
树枝间做窠，鸣叫。

我愿意是废墟，
在峻峭的山岩上，
这静默的毁灭
并不使我懊丧……
只要我的爱人
是青青的常春藤，
沿着我荒凉的额，
亲密地攀援上升。

我愿意是草屋，
在深深的山谷底，
草屋的顶上
饱受风雨的打击……
只要我的爱人
是可爱的火焰，
在我的炉子里，
愉快地缓缓闪现。

我愿意是云朵，

裴多菲

是灰色的破旗，
在广漠的空中
懒懒地飘来荡去，
只要我的爱人
是珊瑚似的夕阳，
傍着我苍白的脸，
显出鲜艳的辉煌。

(孙用 译)

师生在场

师：这是一首情诗，写于1847年诗人和乡村少女尤丽娅恋爱的时期。诗歌以流畅的言辞和激昂的感情抒发了诗人心中对爱人热烈诚挚的爱。裴多菲的诗如同裴多菲的生命、爱情和胸怀一样，充满豪情壮志，激昂慷慨。下面，请同学们谈一谈对这首诗的理解。

生A：诗人愿意是急流，愿意是荒林，愿意是废墟，愿意是草屋，愿意是云朵，只要他的爱人是小鱼、小鸟、常春藤、火焰、珊瑚似的夕阳，这表明爱的无私和伟大。

生B：诗中叠加在一起的意象，处处透着苍凉和悲壮。苍凉和悲壮的背后是一种崇高和执着——心灵的崇高、爱情的执着。

生C：诗人对待爱情的态度也是他对待理想的态度，正是这种对理想的崇高追求，对自由的坚韧追求，使得诗人连同他的诗深深地打动了人们，刻在了一代又一代渴望自由与理想的人们的心中。

生D：这首诗也是诗人的爱情声明：坚贞不移、义无反顾。正如诗人另一首著名的诗所说的："生命诚可贵，爱情价更高。若为自由故，两者皆可抛。"诗人就是这样，为了自己所追求的东西，意念坚定，无怨无悔。多么伟大的献身精神！多么伟大的胸怀！

师："诗品出于人品。"古今中外，真正当得起"大诗人"这一称号的，裴多菲就是其中的一位。鲁迅先生在《摩罗诗力说》中盛赞裴多菲是"伟大的抒情诗人，匈牙利的爱国者"。

短句回响

1. 生命诚可贵，爱情价更高。若为自由故，两者皆可抛。

——裴多菲《自由与爱情》

2. 生命的多少用时间计算，生命的价值用贡献计算。

——裴多菲《在人生的斜坡上》

3. 永恒平静的生活，那无疑就是半死不活。

——裴多菲《日记抄》

4. 坚持你的主义，主义重于生命；宁愿生命消失，只要声誉能够留存。

——裴多菲

5. 纵使世界给我珍宝和荣誉，我也不愿离开我的祖国，因为纵使我的祖国在耻辱之中，我还是喜欢、热爱、祝福我的祖国！

——裴多菲《我是匈牙利人》

6. 我宁愿以诚挚获得一百名敌人的攻击，也不愿以伪善获得十个朋友的赞扬。

——裴多菲

7. 什么是悲哀？茫茫大海。什么是欢乐？海底珍珠。不待从海底取出，或许已毁于中途。

——裴多菲《什么是悲哀》

拓展阅读

裴多菲：一朵带刺的玫瑰

裴多菲生长在一个贫苦的屠户之家。他曾自述道："父亲要我继承父业，我却做了诗人。结果呢？父亲用刀宰牛，我用笔杀敌，其实做的还是同样的事情。"可见，裴多菲早就决定要把自己的一生献给他钟爱的诗歌事业，献给整个匈牙利民族的解放事业了。

少年时代，裴多菲就愿意听老人讲述民族英雄胡斯领导起义的传说，小酒馆里谈论的匈牙利民族争取独立而斗争的故事，也在他幼小的心灵上打下了深深的烙印。

1835年，12岁的穷孩子裴多菲有机会到奥赛德求学，三年时间里，他尽显了聪明才智，除完成校方规定的课业外又组织起进步的学生团体，阅读和研究法国大革命的历史和匈牙利古典作家的作品。1838年，裴多菲写下了他的处女作讽刺诗《告别》。他当过兵，做过流浪演员，任过《佩斯时装报》的助理编辑，丰富的社会经历更开掘了他创作的源泉。

1846年9月，23岁的裴多菲在舞会上结识了伊尔诺茨伯爵的女儿森德莱·尤丽娅。这位身材修长、有浅蓝色眼睛的美丽姑娘的清纯和率真，使年轻诗人一见倾心。拥有大量土地庄园的伯爵不肯把女儿嫁给裴多菲这样的穷诗人，面对阻力，裴多菲对尤丽娅的情感仍不可抑制，在半年时间里写出了一首首情诗，如《致尤丽娅》《我是一个怀有爱情的人》《你爱的是春天》《凄凉的秋风在树林中低语》《一下子给我二十个吻吧》等。这些抒情诗中的珍品鼓动尤丽娅冲破父亲和家庭的桎梏，在一年后同裴多菲走进了婚礼的殿堂。

此刻，欧洲大地已涌起革命洪流，匈牙利人民起义也如涌动的岩浆。蜜月中的裴多菲欢乐与忧郁交织。他不愿庸碌地沉溺于私家生活，写下了著名的箴言诗《自由与爱情》："生命诚可贵，爱情价更高。若为自由故，两者皆可抛。"这首名作，在此后的百年间一直是激励世界进步青年的动人诗句。

1848年春，奥地利统治下的匈牙利民族矛盾与阶级矛盾已经达到白热化程度。裴多菲目睹人民遭受侵略和奴役，大声地疾呼："难道我们要世代相传做奴隶吗？难道我们永远没有自由和平等吗？"诗人开始把理想同革命紧紧地连在一起，决心依靠贫苦人民来战斗，并写下一系列语言凝练的小诗，作为鼓舞人们走向民族民主革命的号角。

1849年夏，匈牙利革命军在强敌压迫下战至最后时刻。7月31日晨，贝姆将军将还能战斗的300人组成了一支骑兵队，在战斗打响前又特意叮嘱裴多菲留下。诗人却违背了将军的命令，跟在骑兵队后面出发。这些英勇的匈牙利战士与数倍于己的敌人胶着在一起时，很快便被淹没和融化了。身材瘦削的诗人也被两名俄国哥萨克骑兵前后围住，一柄弯刀凶狠地向他劈来，诗人闪身躲开，但同时另一把尖利的长矛已刺进了他的胸膛，诗人痛苦地倒下了……

　　裴多菲牺牲时仅 26 岁，留下 22 岁的妻子和 1 岁半的幼子。他一生中写下了 800 多首抒情诗和 8 部长篇叙事诗，此外还有 80 多万字的小说、政论、戏剧和游记，且有相当部分是在战火中完成的。这样的高产率，在欧洲文学史上是罕见的。他奠定了匈牙利民族文学的基石，继承和发展了启蒙运动文学的战斗传统，被誉为"是在被奴隶的鲜血浸透了的、肥沃的黑土里生长出来的'一朵带刺的玫瑰'"。

艾米莉·狄金森

艾米莉·狄金森(1830—1886),美国著名女诗人。她从 25 岁开始弃绝社交,闭门不出,在孤独中埋头写诗 30 年,留下 1700 余首诗歌。她生前只发表过 10 首作品,其余的都是她死后才出版的。她的诗公开出版后,得到了越来越高的评价。她在美国诗史上的地位和影响仅次于沃尔特·惠特曼。1984 年,美国文学界在纪念"美国文学之父"华盛顿·欧文 200 周年诞辰时,在纽约圣约翰大教堂开辟了"诗人角",狄金森是首批入选的几位诗人之一。

狄金森的诗主要写生活情趣,如自然、生命、信仰、友谊、爱情,诗风凝练婉约,意象清新,描绘真切、精微,思想深沉、凝聚力强,极富独创性。她被视为 20 世纪现代主义诗歌的先驱之一。

小编有话

这首诗我们可以看作爱情诗,即灵魂一旦选择了自己的伴侣,就矢志不渝,永不再改变。也可以看作是诗人在暗示她的艺术生涯,即诗人一旦选择了自己的艺术生涯,就会心无旁骛。无论是哪一种解读,我们都能从中看出诗人对某一事物的坚定态度。

灵魂选择自己的伴侣

灵魂选择自己的伴侣,
然后,把门紧闭,
她神圣的决定,

再不容干预。

发现车辇停在她低矮的门前,
不为所动,
一位皇帝跪在她的席垫,
不为所动。

我知道她从一个民族众多的人口
选中了一个,
从此封闭关心的阀门,
像一块石头。

(江枫　译)

师生在场

师:狄金森创作的诗关系到自然、生命、死亡、爱情和永恒,表现了女性特有的思想和情感,展示了一个孤独、充实、安宁、执着的灵魂。她那朴素含蓄、倾注了真挚感情的诗句,被人们称为"灵魂的风景图",而感伤又幽默的诗风也使她成为美国民族诗歌艺术的丰碑。下面,请同学们谈谈你对《灵魂选择自己的伴侣》这首诗的理解。

生 A:读《灵魂选择自己的伴侣》,我会读到诗人的坚守,那是一颗圣洁孤寂的心在独白,在低吟。

生 B:诗人在这首诗中给了读者明确的答案,那就是一旦选择了爱情,就"再不容干预",不论是富贵贫穷,还是权势高低,都应该忠贞不渝,"不为所动"。因为爱情是神圣的,是人们的灵魂所决定的。

师:在诗人眼中,爱情最重要的成分是两颗心的交流,法律及世俗都不能阻碍心与心的相通,这也表达了诗人对爱的权利的坚持。

生 C:"车辇停在她低矮的门前","一位皇帝跪在她的席垫",这是一个暗示，暗示外部因素的纷繁和干扰力量的强大。然而，灵魂坚定而不为所动！这些更进一步地说明坚贞爱情的不易，说明灵魂的纯真和坚毅。

生 D：《灵魂选择自己的伴侣》可以说是诗人对自己心路历程的叙述，也是她精神世界的真实写照。通过这首诗歌，我们可以了解诗人的择一思想和隐居的愿望。

短句回响

1. 我本可以容忍黑暗/如果我不曾见过太阳/然而阳光已使我的荒凉/成为更新的荒凉。

——艾米莉·狄金森《如果我不曾见过太阳》

2. 如果你能在秋季来到，我会用掸子把夏季掸掉，一半轻蔑，一半含笑。

——艾米莉·狄金森《如果你在秋季来到》

3. 如果记住就是忘却/我将不再回忆，/如果忘却就是记住/我多么接近于忘却。

——艾米莉·狄金森《如果记住就是忘却》

4. 有人说/话一经离唇，就失去生命。我却说/正在那一瞬，它开始诞生。

——艾米莉·狄金森《话》

5. 没有一艘船能像一本书/也没有一匹骏马能像/一页跳跃着的诗行那样——/把人带往远方。

——艾米莉·狄金森《没有一艘船能像一本书》

6. 造一个草原要一株苜蓿一只蜜蜂。一株苜蓿，一只蜂。再加一个梦。要是蜜蜂少。光靠梦也成。

——艾米莉·狄金森《造一个草原》

7. 等待一小时，太久——/如果爱，恰巧在那以后——/等待一万年，不长——/如果，终于有爱作为报偿——

——艾米莉·狄金森《等待一小时，太久》

拓展阅读

诗界"王后":艾米莉·狄金森

艾米莉·狄金森才华出众,工于写诗,拥有众多读者,是美国文学史上一颗独放异彩的明星,甚至被人们尊称为诗界的"王后",与莎士比亚齐名。她的诗和沃尔特·惠特曼的诗一样,被公认为标志着美国诗歌新纪元的里程碑。

现实生活中的艾米莉·狄金森从25岁起便弃绝社交,足不出户,一心埋头于诗,终生未嫁,被人们称为"阿默斯特的修女"。她生前默默无闻,只公开发表过10首诗,在1886年5月15日因肾脏疾病离开人世后,她所作的1700多首自成一格的诗篇才被人所知。

家庭环境孕育出独特的自然诗

狄金森出身于美国名门,父亲爱德华·狄金森是律师,也是美国第33届国会议员,艾米莉的性格养成及诗歌创作受到其深刻的影响。父亲外表冷峻,但在艾米莉的心中却是和蔼而温柔的。在她心目中,父亲即伟大,父亲即大自然。狄金森生长在阿默斯特镇,喜欢大自然,经常在山林间读书、游戏。对大自然和自然生物的赞美,便是其诗歌抒发情感,寄托志向和理想,宣扬对真和美信念的主题。狄金森的自然诗体现出一种不同寻常的"注意渺小事物主题"的特征。她的诗没有对壮丽景物的描写和抒怀,没有崇高的主题意象,有的只是取自她小小的生活天地,那些再寻常不过的生物:她的庭院、花园中的普通草木虫鸟,以及透过她的窗户看到的青山绿水、蓝天白云。

情感的经历酿造独特的爱情诗

我的河在向你奔来——
欢迎么?蓝色的海!
哦,慈祥的海啊——
我的河在等候回答——

> 我将从僻陋的源头
>
> 带给你一条条溪流——
>
> 说啊,接受我,海!

这首《我的河在向你奔来》是 1860 年艾米莉·狄金森写给查尔斯·沃兹华斯的。查尔斯·沃兹华斯是费城著名的牧师,狄金森在听他布道时,被他的成熟稳重、率直热情所吸引。1860 年,查尔斯·沃兹华斯专程到阿默斯特镇看望狄金森,狄金森写了这首诗送给他,作为自己爱的表白。迥异于传统女性的那种含蓄和羞涩,那种"犹抱琵琶半遮面"甚至对爱只字不提的表现,狄金森直接而强烈地表达了她爱的意愿,她呼唤道:"说啊,接受我,海!"这是一个坠入爱河的女子对所爱的人发出的一种接受自己感情的请求,这是对爱情的大胆追求。她所描述的爱不是东方式的含蓄被动的爱,而是一种勇敢的在当时甚至算是离经叛道的呐喊。在她的诗中,女性已经不再处于被动的等待状态,而是主动地呐喊。这在那个时代,是前所未见的。

狄金森的多首爱情诗热情奔放,语言大胆,她将写诗看作一种感情的宣泄。她独居半生,对爱情却是极其渴望的。她一生最爱的人查尔斯·沃兹华斯在遇见她之前就已成家,他们的爱情注定是无果的花朵。她生命中邂逅的其他男性,也因各种原因而未能与她结成连理。尽管如此,狄金森的内心对爱情始终充满热情和希望,但苦于无解脱之法,唯有用诗歌来宣泄情感。

艾米莉·狄金森的诗歌是她最自然的心理思想的流露,是她最真诚的情感表达。她的诗歌可以说是开创了女性在文学创作上的新时代,甚至可以说是美国文学史上新的里程碑。家庭的熏陶和当时的社会环境造就了她独特的个性,因而她的诗歌也表现出与众不同的特征,为后人展示了诗歌写作的全新视角。

如果说 19 世纪美国的诗歌领域以惠特曼为开端,开启了人的自我意识的觉醒期,那么艾米莉·狄金森,这个外表腼腆、内心奔放,拥有奇特想象力的女子,便以其女性细腻而又敏感、深沉而又澎湃的笔触,为这个时期谱写出了一首首自由的灵魂之歌。

泰戈尔

泰戈尔(1861—1941)，印度著名诗人、文学家、哲学家、艺术家和社会活动家。1913年获诺贝尔文学奖，他是第一位获此奖项的亚洲人。他的诗在印度享有史诗般的地位，代表作有《故事诗集》《吉檀迦利》《新月集》《飞鸟集》等。

小编有话

弘一法师在临终前写下："悲欣交集。"人生就是苦乐参半，生命带给我们欢乐的同时，也给我们许多莫名的伤感，这正是生命的可爱之处。希望着，失望着，如此循环往复。就让我们在有生之年活出自己的精彩，只有这样，将来有一天我们离开这个世界的时候，才能无怨无悔。既然生，就生如夏花之绚丽；如果死，也要飘如秋叶之静美。

生如夏花

生命，一次又一次轻薄过。
轻狂不知疲倦。

——题记

1

我听见回声，来自山谷和心间。
以寂寞的镰刀收割空旷的灵魂，
不断地重复决绝，又重复幸福。
终有绿洲摇曳在沙漠，

我相信自己,
生来如同璀璨的夏日之花。
不凋不败,妖冶如火。
承受心跳的负荷和呼吸的累赘,
乐此不疲。

2
我听见音乐,来自月光和胴体。
辅极端的诱饵捕获飘渺的唯美,
一生充盈着激烈,又充盈着纯然。
总有回忆贯穿于世间,
我相信自己,
死时如同静美的秋日落叶。
不盛不乱,姿态如烟。
即便枯萎也保留丰肌清骨的傲然,
玄之又玄。

3
我听见爱情,我相信爱情。
爱情是一潭挣扎的蓝藻,
如同一阵凄微的风,
穿过我失血的静脉,
驻守岁月的信念。

4
我相信一切能够听见,
甚至预见离散,遇见另一个自己。
而有些瞬间无法把握,
任凭东走西顾,逝去的必然不返。
请看我头置簪花,一路走来一路盛开,
频频遗漏一些,又深陷风霜雨雪的感动。

5
般若波罗蜜,一声一声。

生如夏花，死如秋叶。
还在乎拥有什么。

（郑振铎　译）

师生在场

师：生与死是永恒的哲学话题，古往今来，无数的智者曾用文字表达了他们的思想。在泰戈尔的眼里，生如夏花之绚烂，死如秋叶之静美。下面，请同学们谈一下你对这首诗的理解。

生 A：诗人是在告诉我们，生如夏花，我们应该让自己的生命自由盛放；死如秋叶，面对死亡，我们应该豁达而又平和。

生 B：我觉得要想达到诗人说的境界，应该除去浮躁，顺应大自然的规律。只有这样，我们的内心才会平和、柔软、积极。

生 C："生如夏花，死如秋叶。"以夏花喻生命，以秋叶喻死亡，我们可以看出诗人面对死亡是如此的从容优雅。诗人是用诗来阐述生命的，他是具有大智慧和大勇气的人。

生 D：我觉得读完泰戈尔的诗，心不再浮躁了，体内无形中增加了力量。总之，心生温暖和坚定，这是一种很纯粹的美好的感觉。

师：台湾作家罗兰曾在《植物的世界》中写道："夏天的花和春花不同，夏天的花有浓烈的生命之力。""生如夏花"正是因为夏花具有绚丽旺盛的生命力，它们在阳光最饱满的季节绽放，它们是奔放、跳跃、飞翔着的生命的精灵，以此来诠释生命的灿烂。当然，花开是短暂的，"生如夏花"的另一层意思是揭示了生命的匆匆，所以要尽情绽放。"死如秋叶"，草木有枯有荣，日月有升有落，天理大道，亘古绵延，所以我们要顺应大自然的规律。

短句回响

1. 眼睛为她下着雨，心却为她打着伞，这就是爱情。

——泰戈尔

2. 只有流过血的手指,才可能弹出世间的绝唱。

——泰戈尔

3. 当你为错过太阳而流泪时,你也将错过群星了。

——泰戈尔

4. 使卵石臻于完美的,并非锤的打击,而是水的且歌且舞。

——泰戈尔

5. 世界吻我以痛,要我回报以歌。

——泰戈尔

6. 樵夫的斧头,问树要斧柄。树便给了他。

——泰戈尔

7. 鸟翼上沾上了黄金,鸟儿便不能飞翔了。

——泰戈尔

8. 每个孩子的诞生,都透露着上帝尚未对人失望的讯息。

——泰戈尔

9. 当时光将尽,我在你面前默立,你将看见我的伤痕,知道我曾饱受创伤,且已痊愈。

——泰戈尔

10. 让睁眼看着玫瑰花的人也看看它的刺。

——泰戈尔

拓展阅读

和父亲走过的人生旅途

泰戈尔不仅是印度伟大的诗人,还是一位天才的作曲家、画家。他一生共创作了2000余首激动人心、优美动听的歌曲。其中,他在印度民族解放运动高涨时期创作的众多热情洋溢的爱国歌曲,成为鼓舞印度人民同殖民主义统治进行斗争的有力武器。《人民的意志》这首歌,于1950年被定为印度国歌。泰戈尔70高龄时学习作画,他所绘制的1500多幅画,作为艺术珍品曾在世界许多著名的地方展出。

泰戈尔成长为这样一位多才多艺的大师,完全得力于他父亲从小对他的熏陶和培育。泰戈尔因为受不了当时学校教育的机械与乏味，14岁就休学在家。虽然家人对他感到失望，但泰戈尔自己日后提起这件事情，却颇感欣慰。

父亲为教育好儿子，就以自己的示范作用来影响儿子。每天早晨，父亲把泰戈尔叫醒，父子俩一起背诵古诗。用完早点后，父亲让泰戈尔坐下来，静静地听自己颂唱经文，然后一块去散步，散步时给他讲各种知识。回到家里，教他读英文。晚上，爷俩又一块学习，还以天为书，讲初级天文知识。泰戈尔的求知欲望越来越浓，父亲趁机把家里的藏书展示给他看。泰戈尔饱览名著，写出了第一部诗剧。泰戈尔在父亲潜移默化的影响和熏陶下，8岁开始写诗，12岁开始写剧本，15岁发表了第一首长诗《野花》，17岁发表了叙事诗《诗人的故事》。

泰戈尔说，童年印象最深的是父亲对他的教育——潜移默化和身体力行。他父亲为研究印度宗教圣典和西方哲学著作付出了毕生精力。除了潜心研究之外，旅行也是父亲的爱好，父亲尤其喜欢前往喜马拉雅山旅游。每次外出旅游，父亲都带着泰戈尔，当父子俩面对潺潺奔流的山泉时，溪水发源于高山而滋润大地、奔流入海的追求给了他们深深的震撼与启示，歌颂大自然也成了泰戈尔诗歌中常见的主题。

1873年年初，父亲亲自主持成人仪式，让当时年仅12岁的泰戈尔和一个哥哥、一个侄子进行祈祷，冥想人生与宇宙的奥秘。当时诵读的《吠陀》（印度最古老的宗教文献和文学作品总集）赞歌，在泰戈尔心里留下了深刻的印象，那优美的韵律和抑扬的音调，使他终生难忘。

不能忘却的永恒的爱

泰戈尔的婚姻是父母为他操办的，对方是一位比他小11岁的姑娘。因为他从小也受到了传统的教育，所以在22岁时娶了这位小媳妇。因为年龄的关系，他们在结婚的时候并没有产生爱情，然而泰戈尔也并没有就此放弃自己的婚姻，反而一直履行着作为丈夫所应履行的责任，细心照顾和呵护自己的小媳妇。他关心妻子，尽可能抽出一些时间来陪伴她，也会为她讲解一些书中的含义。尽管两个人并没有浪漫和激情，却一直相敬如宾。在生活中，泰戈尔一直称他的妻子为"小媳妇"。

在泰戈尔和妻子共同生活的20年里，这位相貌平平、文化程度不高的妻子却显示了她的不平凡。为了能对丈夫的工作有所帮助，她不仅精心照顾丈夫的生活，抚育了5个孩子，还努力学习，掌握了孟加拉语，学会了英语和梵语，还在丈夫的指导下用孟加拉语改写了梵语的简易版《罗摩衍那》。她支持丈夫的工作，特别是在泰戈尔创办桑地尼克坦学校时，她努力使自己成为丈夫的得力助手。在办学发生经济困难时，她把自己的首饰全都捐给学校。在泰戈尔主持的《国王与王后》的演出中，她勇敢地登台参加了演出。她以自己的努力和爱心，赢得了自己在丈夫心中的位置。

在妻子卧病的最后两个月中，泰戈尔昼夜守护着她，不肯让护士替代。妻子死的那天，他极度悲痛，通宵达旦地独自在阳台上踱步，谁也不忍去打扰他。

在妻子死后沉痛的日子里，泰戈尔写了27首献给亡妻的诗。

他的《情债》和《挚爱》这两首诗，虽然短，却意味深长。

情　债

你的完美
是一笔债，
我终生偿还，
以专一的爱。

挚　爱

我的挚爱
似阳光普照，
以灿烂的自由
将你拥抱。

叶 芝

威廉·巴特勒·叶芝(1865—1939),爱尔兰诗人、剧作家,曾被艾略特誉为"当代最伟大的诗人"。1923年获诺贝尔文学奖,著有《诗集》《神秘的玫瑰》《苇间风》等。

小编有话

什么是真正的爱情?这首诗给了我们答案。真正的爱情能对抗岁月的流逝,在时间的锻造下坚如磐石、历久弥新。真正的爱情不仅是爱你的青春美丽,更是爱你朝圣者的灵魂以及衰老的脸上的皱纹。这首千古绝唱的爱情诗应该成为青少年爱情观的范本。

当你老了

当你老了,头白了,睡思昏沉,
炉火旁打盹,请取下这部诗歌,
慢慢读,回想你过去眼神的柔和,
回想它们过去的浓重的阴影;

多少人爱你青春欢畅的时候,
爱慕你的美丽,假意或者真心,
只有一个人爱你那朝圣者的灵魂,
爱你衰老了的脸上痛苦的皱纹;

叶 芝

　　垂下头来，在红光闪耀的炉子旁，
　　凄然地轻轻诉说那爱情的消逝，
　　在头顶的山上它缓缓踱着步子，
　　在一群星星中间隐藏着脸庞。

（袁可嘉　译）

师生在场

　　师：《当你老了》写于1893年，是叶芝献给女友茅德·冈的爱情诗。遗憾的是，叶芝穷其一生的情感追求，并没有得到茅德·冈的回报，但诗人突破了个人的不幸遭遇，把心中的伤感化成了缱绻的诗魂，以柔美曲折的方式，创造了一首首凄美的诗篇，实现了对人生及命运的超越。《当你老了》便是其中脍炙人口的佳作。下面，请同学们谈一下你对这首诗的理解。

　　生A：因为别人或真情或假意的爱，只是爱她的容颜，独有诗人爱着她高贵的灵魂。我觉得这是这首爱情诗的独特之处，因而诗人的爱情才得以超越时光，超越外在的美丽。

　　生B："朝圣者"与"星星"，这个高度会让我们想起永恒、不朽、神圣，那是一种更高境界的爱，诗歌结尾诗人的爱已经升华了。

　　生C：是的，诗歌的结尾，爱情并没有消散，而是隐藏在头顶的山上，在密集的群星中间。诗人深情地注视着爱人，愿爱人在尘世获得永恒的幸福。

　　生D："只有一个人爱你那朝圣者的灵魂，爱你衰老了的脸上痛苦的皱纹；垂下头来，在红光闪耀的炉子旁，凄然地轻轻诉说那爱情的消逝，在头顶的山上它缓缓踱着步子。"可见，叶芝的爱情观是高贵、脱俗、撼人魂魄的。《诗经》中"执子之手，与子偕老"的感人画面此时亦会出现在我们面前。

　　师：叶芝的这首《当你老了》，使我想起了里尔克的话："只有那种终极的爱才能使人达到在无限中去爱一个人。"

短句回响

1. 奈何一个人随着年龄增长，梦想便不复轻盈；他开始用双手掂量生活，更看重果实而非花朵。

——叶芝《凯尔特的薄暮》

2. 这个世界哭声太多，你不懂。

——叶芝《偷走的孩子》

3. 可我，一贫如洗，只有梦；我把我的梦铺在了你脚下；轻点，因为你踏着我的梦。

——叶芝《他冀求天国的锦缎》

4. 天边低悬，晨光里那颗蓝星的幽光/唤醒了你我心中，一缕不死的忧伤。

——叶芝《白鸟》

5. 万能者有三种礼物可以给予：诗歌、舞蹈和道理。

——叶芝《凯尔特的薄暮》

拓展阅读

茅德·冈：叶芝无望的爱情

1889年1月30日，23岁的叶芝第一次遇见了美丽的女演员茅德·冈。她那年22岁，是一位驻爱尔兰英军上校的女儿，她的父亲在不久前去世了，她继承了一大笔遗产。茅德·冈不仅天生丽质、貌美如花、苗条动人，而且她在感受到爱尔兰人民受到英裔欺压的悲惨状况之后，开始同情爱尔兰人民，毅然放弃了柏林上流社会的社交生活，投身到争取爱尔兰民族独立的运动中来，并且成为领导人之一。这使叶芝在心中对茅德·冈平添了一轮特殊的光晕。

叶芝对茅德·冈不但一见钟情，而且一往情深。叶芝这样描写过他第一次见到她的情形："她伫立窗畔，身旁盛开着一大团苹果花；她光彩夺目，仿佛自身就是洒满了阳光的花瓣。"叶芝深深地爱恋着她，但又因为她在他的心目中形成的高贵形象而感到无望,年轻的叶芝觉得自己"不成熟和缺乏成就"。所以,尽管恋情煎熬着他,但他一直未对她进行表白,一是因为羞怯,二是因为觉得她不可能嫁给一个穷学生。茅德·冈也一直对叶芝若即若离。1891年7月,叶芝第一次向茅德·冈求婚,结果遭到了拒绝。

1893年,叶芝为茅德·冈写下了那首脍炙人口的不朽之作——《当你老了》。这首感动了整个世界的诗,却并未感动茅德·冈。诗人的疯狂爱情,得不到任何回报。

1903年的一天,叶芝惊闻茅德·冈嫁给了她的同道——爱尔兰解放运动的领导者之一约翰·麦克布莱德少校,心如死灰,当即写下了《寒冷的天穹》:"突然我看见寒冷的、为白嘴鸦愉悦的天穹/那似乎是冰在焚化,而又显现更多的冰,因而想象力和心脏被驱赶得发了疯/以至这种或那种偶然的思绪都/突然不见了……"1916年5月,起义失败的约翰·麦克布莱德少校被处以极刑。叶芝再次向茅德·冈求婚,仍被对方断然拒绝。

1917年,叶芝再次向茅德·冈求婚,但依然失败。爱屋及乌,他竟然转而向茅德·冈的养女求婚,不过同样遭到拒绝。叶芝心如死灰,痛定思痛,终于和一直仰慕他的英国女作家乔治·海德里斯结婚。这时,离他在苹果花下对茅德·冈的一见钟情已过去了28年。

1923年,叶芝登上了诺贝尔文学奖的领奖台,成为获此殊荣的第一位诗人。艾略特称赞他为当代最伟大的诗人。叶芝被称为爱尔兰的灵魂,人们说,爱尔兰可以没有风笛,但绝不能没有叶芝。他征服了一个时代,却未能赢得一个女人的芳心。他的一生几乎没有失败的作品,但他的爱情却失败了,并且败得很惨,很凄凉。

或许,正是爱情的不幸,才造就了一位伟大的诗人。茅德·冈在晚年写给叶芝的信上也曾说,世界会因她没有嫁给他而感谢她。这位美丽的有着朝圣者灵魂光辉的女性成了诗人创作的力量和源泉,并升华成一篇篇感情复杂、思想深邃、风格高尚的诗。在这些诗里,茅德·冈成了玫瑰、特洛伊的海伦、雅典娜。叶芝对爱情的追求更注重精神的高贵与美丽,他的理想气质使他的爱在诗中向灵魂的境界升华。

罗伯特·弗罗斯特

罗伯特·弗罗斯特(1874—1963)，20世纪最受欢迎的美国诗人之一，被称之为美国文学中的桂冠诗人。他留下了《林间空地》《未选择的路》《雪夜林边》等脍炙人口的作品。

小编有话

弗罗斯特始终坚守着"始于愉悦，终于智慧"的诗歌传统，《未选择的路》正是一首典型的能够展现出哲理美的诗。仔细品读后我们不难发现，这首诗表面看似是对个人经历的叙述，实则蕴含深邃的哲理：每个人一生都会遇到的有关选择的问题，现实经验是，无论我们做出怎样的选择，总会产生遗憾。亲爱的朋友，既然人生之路不能重走，就让我们带着快乐出发，勇敢向前吧。

未选择的路

黄色的树林里分出两条路，
可惜我不能同时去涉足，
我在那路口久久伫立，
我向着一条路极目望去，
直到它消失在丛林深处。

但我却选了另外一条路，
它荒草萋萋，十分幽寂，

罗伯特·弗罗斯特

显得更诱人,更美丽;
虽然在这条小路上,
很少留下旅人的足迹。

那天清晨落叶满地,
两条路都未经脚印污染。
啊,留下一条路等改日再见!
但我知道路径延绵无尽头,
恐怕我难以再回返。

也许多少年后在某个地方,
我将轻声叹息将往事回顾:
一片树林里分出两条路——
而我选择了人迹更少的一条,
从此决定了我一生的道路。

(顾子欣　译)

师生在场

师:在《未选择的路》这首诗里,诗人以朴素自然的语言来表达自己对人生的思索。他抓住林中岔道这一具体形象,用比喻的手法引起人们的联想,来阐发如何抉择人生道路这一生活哲理。下面,请同学们谈一下你对这首诗的理解。

生A:这首诗写的是人们处在人生的十字路口,如何选择的问题。诗人并没有说两条路代表什么,他所阐明的是抉择本身。

生B:"路"是这首诗中最重要的一个意象,既是具体的道路,也象征着人生的道路。诗人说林间道路是虚,谈人生旅途为实。

生C:面对选择,我们只能选择一条路,而无论我们选择了哪一条路,都会设想,假如选了另外的一条路会怎样,我觉得这就是人性。

师:在人生的旅途中,道路的选择很重要,我们要勇于探索,避免墨守成规，要有开辟新途径的勇气。人生充满了选择，人们无时无刻不在选择，也时时刻刻在选择中前进。也正是因为有不同的选择，每个人才会有千差万别的结局，才会有千姿百态的人生。

短句回响

1. 哪儿有这样一种忠诚／能超过岸对海的痴情——／以同一的姿势抱着海湾，／默数那无穷重复的涛声。

——罗伯特·弗罗斯特《忠诚》

2. 你们接受教育，是为了当你们到了某个特定的"一见钟情"的阶段时，能够更近、更加准确地接近你们"钟情"的东西——不管是一首诗，一个理想，一个党派，一项事业，或者一个英雄。

——罗伯特·弗罗斯特《罗伯特·弗罗斯特校园谈话录》

3. 我是一个熟知黑夜的人。我曾在雨中出门——在雨中回来。我曾一直走到城市最远处的灯火。

——罗伯特·弗罗斯特《熟知黑夜》

4. 作者不流泪，读者也不会流泪。

——罗伯特·弗罗斯特《〈诗集〉前言》

5. 最好的出路永远是朝前走完全程。

——罗伯特·弗罗斯特

拓展阅读

现代田园诗人：罗伯特·弗罗斯特

罗伯特·弗罗斯特是20世纪最受欢迎的美国诗人之一，一生得过四次普利策奖。1874年3月26日，罗伯特·弗罗斯特出生在加利福尼亚州，他的父亲是个颇有政治抱负的新闻工作者，于1885去世。父亲去世后，罗伯特·弗罗斯特随母亲迁回新英格兰地区的马萨诸塞州，投奔家在劳伦斯的祖父。母亲喜欢文学，能写诗，在一所小学教书。

1892年，罗伯特·弗罗斯特中学毕业后，进入达特茅斯学院学习,但不足一学期便辍学做工。1897年至1899年,他又在哈佛大学就读了两年。之后,他做过鞋,教过书,编辑过乡村小报,并接受了祖父规定的条件,在祖父为他买的一个农场中工作了十年。在工作不断转换的这些年,罗伯特·弗罗斯特的日子并不好过:一心想要成为诗人而投稿屡屡碰壁,特别是婚后,到1905年,他有了五个儿女,而收入菲薄,生活窘困。这曾使他不止一次想到自杀。

几乎是一满十年,罗伯特·弗罗斯特就卖掉了农场,1912年,他带着足够编两三个集子的诗稿,举家迁往生活费用较低的英国,在经营一块菜园子的同时,也为诗稿谋求出路。《一个男孩的意愿》和《波士顿以北》的相继出版,使他在英国一举成名。第一次世界大战爆发后,他回到美国,受到了英雄般的欢迎。

他的诗多以新英格兰地区为背景,取材于农家生活,因而有"新英格兰田园诗人"之称。他的初期诗作,语言不尚夸张,不事雕琢,力求从"今日听到的"民间活的口语、方言汲取淳朴、清新、富于生命力的营养。他认为:"普通人的口语,经常涌现出富有诗意的词语,日常谈话的声调是诗歌声调的源泉。"《牧场》可认为是最好的例证:

　　我要出去打扫牧场的水泉,
　　我去只把落叶搂一搂干净,
　　(也许,还要等到泉水澄清)
　　不会去太久的——你也来吧。

　　我要出去牵那一头小牛犊,
　　它在它妈妈身边是那么小,
　　妈妈舔它时它立都立不牢。
　　不会去太久的——你也来吧。

这首诗几乎被排印在他所有集子的扉页或首页,成了他诗作的族徽:农家生活,农场情景,语言质朴,结构简单,仿佛在说话,却不是自言自语,总有言者,总有听者,有点趣味,有点意思,形象具体,耐人寻味。例如,他最著名的《雪夜林边》:

　　这是谁的树林我想我清楚,
　　他家就在那边村子里边住。

他不会看见我在这里停下来，
观赏白雪覆盖住他的林木。

我的小鸟，一定觉得奇怪，
在这一年最黑的一个黑夜，
在树林和封冻的湖泊之间，
停在近处不见农舍的野外。

他抖了一抖挽具上的铃串，
问是否有什么差错出现，
仅有的音响，只是轻风一阵，
和白絮般飘飘落下的雪片。

这树林可爱、阴暗、幽深，
但是我有约定的事要完成。
睡前，还要再赶几里路程。
睡前，还要再赶几里路程。

这些诗"始于乐趣，止于智慧"，尽管这种智慧很可能"既不远，也不深"。但我们在读诗得到愉悦的感受的同时，也能或多或少得到某种思想的启迪。

从以上几首诗中，我们不难发现，弗罗斯特的叙事诗多采取独白或对话的形式，直接使用经过提炼的口语、方言，有节奏，无韵，富于戏剧性，常常就像是一出出的独幕剧。弗罗斯特早期的诗，无论是抒情诗还是叙事诗，都仿佛是一幅幅素净的水墨画，质朴无华，淡而有味。

里尔克

里尔克(1875—1926),奥地利诗人。他被誉为 20 世纪最伟大的德语诗人,与叶芝、艾略特一同被誉为欧洲现代最伟大的三位诗人。里尔克的诗歌尽管充满孤独痛苦的情绪和悲观虚无的思想,但艺术造诣很高。其代表作品有《新诗集》《新诗续集》《安魂曲》等。

小编有话

北岛说,《秋日》是一首完美到几乎无懈可击的诗作。里尔克的一生是孤独、漂泊和寻找的一生,他的等待和漫游,也让我们有了正视自身生存困境的勇气。在里尔克看来,这"最后的果实"不仅是自然界的果实,也正是"心灵的果实"或"诗歌的果实"。它意味着生命的实现和精神劳作的完满。读完这首诗,诗人的寂寞会和我们心灵深处的寂寞契合,为此我们激动不已,沉浸在他营造的丰盈而唯美的秋之意境中,并且内心为此感到满足和幸福。

秋　日

主啊,是时候了。夏天盛极一时。
把你的阴影置于日晷上,
让风吹过牧场。

让枝头最后的果实饱满;
再给几天南方的好天气,

催它们成熟,把
最后的甘甜酿入浓酒。

谁此时没有房子,就不必建造,
谁此时孤独,就永远孤独,
就醒来,读书,写长长的信,
在林荫路上不停地
徘徊,落叶纷飞。

(北岛 译)

师生在场

师:《秋日》是里尔克 1902 年 9 月在巴黎写的,诗人当时仅 27 岁。他对生活很迷惘,这从诗中可以看出来。尽管里尔克的诗歌充满孤独痛苦的情绪和虚无主义,但是他在诗歌方面的造诣是很高的。下面,请同学们谈一下自己的阅读体会。

生 A:"主啊,是时候了。"诗一开篇就震撼人心,给我们一种非常神秘而庄重的感觉,开篇就确定了谈话的对象是上帝,但是和上帝的谈话用的却是命令的口气。在某种程度上,"我"既是上帝的仆人与建言者,也是世界的主宰。

生 B:第二段最微妙的是一系列强制性动词的层层递进:让、给、催、酿。这其实是葡萄酒酿造的全部过程,被这几个动词勾勒得异常生动。这里说的似乎不仅仅是酿造,更是生命与创造。

生 C:"谁此时没有房子,就不必建造,谁此时孤独,就永远孤独。"这两句是人生中的困惑与觉醒,是对绝对孤独的彻悟。

师:在里尔克这里,孤独也是一种生命的完成,它使生命更成熟,更深刻了。里尔克一生都在漂泊,在漂泊中寻求灵魂的故乡。正是人生这难以克服的孤独,把他带向了创造性的精神劳作,带向了与命运的对话,带向了那伟大的诗歌。

生 D:最后三句都是处于动态中的:醒、读、写、徘徊。而落叶纷飞强化了这一动态，以一个象征性的漂泊意象结尾，凸现了孤独与漂泊的凄凉感。一个孤独遐思的漫步者形象呼之欲出，读者会跟随他坠入丰盈而唯美的秋之意境。

师：这是一首抒情诗，但也充满了一种人生警策的力量。中国历代诗人一直有着一种"悲秋"的情怀，如杜甫的"万里悲秋常作客，百年多病独登台"。但里尔克这首诗不仅写出了秋日将至的空旷感、荒凉感和紧迫感，也写出了对生命现实的恳求和祈愿；不仅写出了秋日的到来使人感到的空虚、孤独和飘零，也表现出了一种对命运的承担，并对我们的人生产生激励。正如里尔克自己所说的，秋天不是消沉的秋天，而是一个"敏锐的秋天"。

小编有话

很多时候，我们总会无缘无故地产生莫名的感伤、失望，甚至绝望的情绪，可是，更多的时候，我们对世上的万事万物又心存感激，觉得生活是如此美好，一切都是我们希望中的样子。相信里尔克在这首诗中的孤独无奈和哀伤焦虑也是一种暂时的情绪，当他走出自己的屋子来到阳光下时，会觉得一切又都是那么美好。

严重的时刻

此刻有谁在世上某处哭，
无缘无故在世上哭，
在哭我。

此刻有谁夜间在某处笑，
无缘无故在夜间笑，
在笑我。

此刻有谁在世上某处走，

无缘无故在世上走，
　　走向我。

　　此刻有谁在世上某处死，
　　无缘无故在世上死，
　　望着我。

（陈敬容　译）

师生在场

　　师：《严重的时刻》一诗充分体现了里尔克在面对人生的无奈、哀伤和忧惧时所表现出的复杂情绪。"哭"和"笑"是感情表现的两极，代表了人的精神活动；生和死，是人的物质活动；灵与肉，主观与客观，是人存在于世间的共同方式。这些象征了人世的无限，又牢牢被控制在"严重"之下。下面，请同学们谈一下自己的读后感悟。

　　生 A："此刻""有谁""在世上""某处""无缘无故"等词在诗中反复出现，这种回环手法让我感到精神上的紧迫和压抑。

　　生 B："无缘无故""某处"两个词，道尽人生迷茫。从哭到笑到走到死，诗人以一个旁观者的身份清醒地注视着这一切，却无能为力。

　　生 C：我觉得诗人在这首诗中是想说：生活在现实中的人，往往会感到痛苦、愤懑、空虚，可是，谁也无法改变。现实带给我们的，除了无奈，还是无奈。

　　生 D：诗人写人的生死，让我感觉到了诗人内心对众生的怜悯之情。在我们的人生道路上，如果遇到"严重的时刻"，希望同学们可以以乐观的心态去面对。

短句回响

　　1. 人若愿意的话，何不以悠悠之生，立一技之长，而贞静自守。

——里尔克《苹果园》

2. 愿你自己有充分的忍耐去担当，有充分单纯的心去信仰。

——里尔克《给一个青年诗人的十封信》

3. 门轻关，烟囱无声；窗不动，尘土还很重。

——里尔克《预感》

4. 万物静默，但即使在蓄意的沉默之中也出现过新的开端，征兆和转折。

——里尔克《致奥尔弗斯的十四行诗》

5. 你瞧瞧周围：万物皆沉坠。但最后有一位，将此沉坠无限柔和地握在手里。

——里尔克《杜伊诺哀歌》

6. 要容忍心里难解的疑惑，试着去喜爱困扰你的问题。也许有一天，不知不觉，你将渐渐活出写满答案的人生。

——里尔克《给一位年青诗人的信》

7. 生命是某种安静、广阔、简单的东西。求生的欲望是紧迫，是追赶。求生的欲望更强，也就更接近死亡。

——里尔克《布里格手记》

拓展阅读

里尔克：一个伟大的引导者

里尔克是 20 世纪公认的现代诗歌大师，出生于奥匈帝国统辖下的布拉格。

里尔克出身中产阶级，父亲是一个小职员，母亲则活脱脱像是莫泊桑小说《项链》中的玛蒂尔德，夫妇两人一心一意向往更高贵的阶层。母亲爱读诗，喜欢祈祷，这对里尔克日后的诗歌创作产生了影响。里尔克从小体弱多病，气质抑郁、消沉，这也对他后期的生活产生了很大的影响。

里尔克不是那种天生的大师，而是通过自我教育成长起来的。他早期的作品往往带有空洞抒情的腔调，落入俗套，并不比当时其他诗作高明多少。他的诗歌一开始气度也不是很高，少时的诗歌也多为无病呻吟的练笔。他缺乏像荷尔德林、托马斯·曼等大家的学养。那么，是什么让他达到"蝶蛹之变"的境界呢？与女性的关系、尘世的磨炼，特别是第一次世界大战期间对生死的考量，这些经历固然充实了其诗歌思想的层次和深度，但更重要的影响是里尔克早年游走四方求艺的工作经历。他当时作为学徒努力吸收其中的养分：意大利文艺复兴时期的建筑和绘画使他将视觉语言转化为诗歌语言，俄国和北欧之行启发他对融合空间、图像、神话思想的思考，北非和西班牙艺术让他在基督教和伊斯兰教想象之间游刃有余，而在巴黎与雕塑大师罗丹亦师亦友的交往，更是让他体悟到凝聚在动与静、生与死、艺术激情与感官需求、固定有形的自我与倏忽易逝的生活中的辩证魅力。

里尔克一生都有强烈的求知欲，他热爱思想家和艺术家，曾与托尔斯泰、瓦雷里、罗曼·罗兰、霍夫曼斯塔尔、尼采、弗洛伊德和茨维塔耶娃都有形式不同的接触，他从罗丹、塞尚、列宾和毕加索那里汲取养分，他以荷尔德林为精神导师……他的独特性在于把这些人类最为灿烂的文学、艺术、思想都汇入了自己无限的精神之河中，并通过内心的日臻完善塑造罕见的诗歌奇迹。可以说，里尔克在欧洲的经历就像在一个流动的大学里学习，学校的老师又是世界性的大师。里尔克从三流诗人到一代宗师的"蝶蛹之变"，很大程度上得益于这种开放性的学习和他强烈的求知欲。

里尔克在写作过程中追求完美，精益求精，他向诗歌艺术与人类思想的最高峰艰难地爬去。到1922年，这种艰苦卓绝的攀登尤为明显。他说，1922年2月期间他感到很孤独，他的全部工作就是等待，等待着什么东西出现。他的好朋友曾这样说里尔克："他是世界上最柔弱、精神最充溢的人。形形色色奇异的恐惧和精神的奥秘使他遭受了比谁都多的打击。为了创作，他走在崩溃的边缘。他清醒地感知这一严重的时刻：'我爱我生命中的晦冥时刻，它们使我的知觉更加深沉。'"不久，奇迹出现了，这一年，里尔克完成了他一生中最伟大的作品——《致奥尔弗斯的十四行诗》和《杜伊诺哀歌》。

里尔克还是一位有中国缘分的现代主义大师。被鲁迅称为"中国最杰出的抒情诗人"的冯至，可以说一生钟情于里尔克，他翻译、介绍里尔克，并从里尔克那里汲取了丰厚的营养。冯至在《里尔克——为十周年祭日作》中写道："他怀着纯洁的爱观看宇宙间的万物。他观看玫瑰花瓣、罂粟花；豹、犀、天鹅、红鹤、黑猫；他观看囚犯、病后的与成熟的妇女、娼妓、疯人、乞丐、老妇、盲人；他观看镜、美丽的花边、女子的运命、童年。他虚心侍奉他们，静听他们的有声或无语，分担他们人们都漠然视之的运命。一件件的事物在他周围，都像刚刚从上帝手里作成；他呢，赤裸裸地脱去文化的衣裳，用原始的眼睛来观看。"

里尔克一生都在行旅中、寂寞中，但又无时不和他的朋友们讲着最亲密的话——不单是他的朋友们，许多青年、年轻的母亲、失业的工人、试笔的作家、监狱里的革命者，都爱把他们无处申诉的痛苦写给他，他都诚恳地答复。

在里尔克的身上，中国诗人深刻理解了一种超越性的精神性，这种精神性唤醒了中国人自身相似的精神倾向，对于里尔克的契投与领悟，也打开了中国诗人对现代性的强烈需要。

对于里尔克的意义，穆齐尔曾说："在通往一种未来的世界图像的道路上，他将不仅是一个伟大的诗人，而且也是一个伟大的引导者。"

希梅内斯

希梅内斯(1881—1958)，西班牙著名的现代派诗人，西班牙抒情诗新黄金时代的开拓者，1956年获得诺贝尔文学奖。其代表作有《悲哀的咏叹调》《一个新婚诗人的日记》《空间》等。

小编有话

在这首诗中，诗人以一个亡灵的身份，将种种象征紧密地联系在一起，表达了对人世的热爱与留恋。在我们的生命中，不断地有人离开或到来，不断地有得到和失去。世界的一切都在继续，让我们祝愿所有亡灵都有归处。

我不再归去

我已不再归去。
晴朗的夜晚温凉悄然，
凄凉的明月清辉下，
世界早已入睡。

我的躯体已不在那里，
而清凉的微风，
从敞开的窗户吹进来，
探问我的魂魄何在。
我久已不在此地，

不知是否有人还会把我记起，
也许在一片柔情和泪水中，
有人会亲切地回想起我的过去。

但是还会有鲜花和星光
叹息和希望，
和那大街上
浓密的树下情人的笑语。

还会响起钢琴的声音
就像这寂静的夜晚常有的情景，
可在我住过的窗口，
不再会有人默默地倾听。

(江枫　译)

师生在场

师：作者希梅内斯是西班牙诗人，1956年获诺贝尔文学奖。这首诗应是诗人晚年回首一生时的感悟之作，全诗感情深沉，意境高远，看似平淡无奇，实则精妙之极。好诗从来都是诗人灵魂的律动，是诗人心灵气质的凸显。一首好诗应该散发着诗人灵魂的香气。下面，请同学们谈一下自己的读后感。

生A：作者将一个伟大灵魂离开这个世界后对这个世界的留恋、世人对其怀念时的感觉写得精妙而传神，也使我们看到了一个高尚的灵魂。

生B：我第一次读，感到了悲伤蔓延；第二次读，却觉得有所喜悦。每次读都有不同的感受，常读常新。

生C：我觉得诗人是想表达生活永远在继续，可是人的生命却会消失，对这一点诗人深感遗憾。

生D：最后一节是全诗的升华，是作者对生活、生命的深沉思考。

一个人死去了，躯体从世上消失了，但人类的灵魂永存。

师：诗人不再归去的，是灵魂；诗人已经归去的，是躯体。诗人找到了一个真正的灵魂的家园。希梅内斯告诉我们的是宇宙间永恒的真理，是生命的价值与意义，也是我们前进路上的航标与指引。

短句回响

1. 我不知道应该怎样/才能从今天的岸边/一跃而跳到明天的岸上。//滚滚长河夹带着/今天下午的时光/一直流向那无望的海洋。

——希梅内斯《我不知道……》

2. 我的心/就像井中的石块，/只有天，在它的下边和上边！

——希梅内斯《我的心》

3. 我在梦中死去，我在生中复活。

——希梅内斯《我生前的墓志铭》

4. 水摇曳着花朵，/鸟摇曳着星星。/从下到上/颤动着我的心灵。

——希梅内斯《歌》

5. "现在，"她在永远离开之前说，"现在我们是两个镜子，玻璃对着玻璃。两者彼此模仿，像一条河和那天空。"

——希梅内斯《生与死的故事》

拓展阅读

希梅内斯大起大落的一生

希梅内斯是西班牙著名的诗人，被誉为20世纪西班牙抒情诗歌之父。他是不少先锋派诗人的老师，曾影响加西亚·洛尔迦和众多拉丁美洲的大家。

希梅内斯出生于西班牙乌埃瓦省的莫格尔，少年时期学习成绩优异。中学毕业后，遵照父亲的意愿，他进入塞维利亚大学学习法律，但由于对法律不感兴趣而在1899年辍学。1900年，希梅内斯到达马德里，拉美现代主义诗歌创始人鲁文·达里奥在马德里和他见了一面。

两人相谈甚欢,此后又以诗歌相赠。这一时期,他的诗歌主要是歌颂大自然,抒发对童年和故乡的强烈怀念之情。同年,他发表了最初的两本诗集,即《白睡莲》和《紫罗兰的灵魂》。也是在这一年,由于父亲去世,家道中落,希梅内斯的情绪受到很大打击,抑郁成疾,住进了疗养院。此时的诗人被忧伤困扰,诗歌的格调也变得低沉、哀婉,赞歌中蕴含着挽歌的情调。这时期,诗人的代表作有《悲哀的咏叹调》《遥远的花园》《柏拉特罗与我》等。

1912年,希梅内斯在马德里结识了印度诗人泰戈尔的西班牙语译者塞阿伊马尔,并对她一见钟情。1916年,两人在美国结婚。这一结合使希梅内斯在人生和创作道路上发生重大转折,从此,诗人的生活、精神和诗歌面目一新,进入创作生涯的第二个时期。这一时期,他的诗歌中现代主义的影响明显消退,形成了格调清新、意境优美的独特风格,代表作有长诗《一个新婚诗人的日记》《永恒》《我不再归去》,被人们广为传诵。

西班牙内战期间,诗人站在共和国一边,后被迫流亡国外。第二次世界大战期间,他为和平奔走,呼吁人民反战。这一时期,他的主要作品是散文集《三个世界的西班牙人》和被称为"20世纪最杰出的象征主义代表作"的长诗《空间》。

晚年,诗人对西班牙独裁政治不满,定居波多黎各,从事诗歌理论研究,主张创作"纯粹的诗"。他的诗歌和诗论对西班牙诗歌产生重大影响。他的西班牙文抒情诗,成了高度精神和纯粹艺术的最佳典范,1956年,他以"崇高的心灵和纯净的艺术"获得了诺贝尔文学奖。在希梅内斯获得诺贝尔文学奖三天后,他的妻子死于癌症。希梅内斯最终无法从悲痛中复原,于两年后去世。

书信里的诚挚友谊

希梅内斯在西班牙现当代文学史上占有重要地位,是西班牙现代主义诗歌的代表人物。其创作得到了鲁文·达里奥的赞赏,达里奥在一篇文学评论中写道:"我刚刚读了一位新近出现的安达卢西亚诗人的作品。他刚刚走上文坛,但却已经是西班牙最细腻的行吟诗人。"

希梅内斯将达里奥看作自己的老师，对他崇拜之至。两人建立了诚挚的友谊，保持了多年的书信往来。希梅内斯认为"鲁文·达里奥是西班牙语世界最杰出、但最不为人理解的诗人"。希梅内斯的创作深受达里奥的影响，成为西班牙现代主义文学的代表人物。他还收集了许多资料，准备撰写《我的鲁文·达里奥》一书。后由于种种原因，该书未能问世。

希梅内斯的诗歌简洁、朴素，与同为现代主义诗人的安东尼奥·马查多一起，被认为共同引领了西班牙20世纪初的诗歌发展潮流。

佳作链接

你与我之间

你与我之间，爱情竟
如此淡薄、冷静而又纯洁，
像透明的空气，
像清澈的流水，在那
天上月
和水中月之间奔涌。

纪伯伦

纪伯伦（1883—1931），黎巴嫩阿拉伯文学作家，被称为"艺术天才""黎巴嫩文坛骄子"，是阿拉伯文学的主要奠基人。其主要作品有《泪与笑》《先知》《沙与沫》等，蕴含了丰富的社会性和东方精神，不以情节为重，旨在抒发丰富的情感。

小编有话

纪伯伦的这首诗，是以自己灵魂的名义，书写人性所共有的弱点。每一次审视，都展现出诗人的智慧。人只有不断地审视反省自己，才能更臻于完美。亲爱的朋友，你我是不是也需要这种自省精神呢？

沙与沫（十八）

我曾七次鄙视自己的灵魂：
当她为了猎取荣誉而佯装谦让的时候。
当她回避真诚的时候。
当她在艰苦和轻松之间选择后者的时候。
当她做了错事还说别人也这么做的时候。
当她逆来顺受却硬说自己坚强的时候。
当她轻蔑本来就是她许多面具之一的那张丑脸的时候。
当她唱着赞歌，并认为这就是美德的时候。

（薛菲　译）

师生在场

师：这首诗对人性的刻画，已经达到了那种浅中见真知的境界，让人折服。诗中的哲理很简单，却深深震撼着人心。下面，请同学们结合这首诗的内容谈一下自己的阅读体会。

生A：我想补充一下第四句。人们往往会在逆境和顺境中直接选择顺境，这种选择有的时候无可厚非，但有的时候则不合时宜，我觉得选择得看是什么事情。

生B：我说一下对第五句的理解。人都会犯错，我们要敢于直面自己的错误。面对错误，不要找借口，错了就是错了。

生C：我对第七句深有感触。明天的你，不要成为你当初厌恶的模样，就像诗人在《先知》中所说的："我们已经走得太远，以至于忘记了当初为什么而出发。"

生D：诗的每一句都展现出诗人的智慧和自省精神。我觉得无论在什么时候，我们都需要这种自省精神。

短句回响

1. 当你背向太阳的时候，你只看到自己的影子。

我宁可做人类中有梦想和有完成梦想的愿望的、最渺小的人，而不愿做一个最伟大的、无梦想、无愿望的人。

一个人有两个我，一个在黑暗里醒着，一个在光明中睡着。

和你一同笑过的人，你可能把他忘掉；但是和你一同哭过的人，你却永远不忘。

——纪伯伦《沙与沫》

2. 我们已经走得太远，以至于忘记了当初为什么而出发。

——纪伯伦

3. 思想是一只属于天空的鸟，在语言的牢笼中它或许能展翅，却不能飞翔。

——纪伯伦《言谈》

4. 有些人快乐地施与，这快乐就是他们的回报。有些人痛苦地施与，这痛苦就是他们的洗礼。

——纪伯伦《施与》

5. 用记忆拥抱着过去，用希望拥抱着未来。

——纪伯伦《时间》

拓展阅读

纪伯伦：站在东西方文化桥梁上的巨人

1883年1月6日，纪伯伦出生在黎巴嫩北部山乡卜舍里，这个村庄坐落于著名的"圣谷"的崇山峻岭附近，这里奇兀的群山与秀美风光，赋予了他艺术的灵感。12岁时，因不堪忍受奥斯曼帝国的残暴统治，纪伯伦随母亲去了美国，在波士顿唐人街过着清贫的生活。他写文卖画，妹妹为人剪裁缝衣，一家人挣扎在金元帝国的底层。

15岁时，纪伯伦只身返回祖国学习民族历史文化，了解阿拉伯社会。纪伯伦的母亲温柔善良，为一家人的生计辛苦操持，没有一句怨言，成了他心中爱与美的化身，也是其心灵和感情的支柱。远离母亲的日子里，纪伯伦对母亲的爱与思念日益增加。他曾经用一幅画描绘了母亲临终前的瞬间，画中母亲的面容没有一丝的痛苦，显得十分从容和平静。

后来，纪伯伦在回忆母亲对他文学创作的启迪时说："我的母亲，过去，现在，仍是在灵魂上属于我，我至今仍能感受到母亲对我的关怀，对我的影响和帮助。这种感觉比母亲在世的时候还要强烈，强烈得难以测度。"

1902年，纪伯伦从家乡返回美国。在此后的15个月里，他的3位亲人相继去世，并且因为治病，他欠下了巨额的债务。为了还债，纪伯伦变卖了家中的财物，并靠写文章、卖画、做零工来赚钱。这时，纪伯伦在波士顿的老师戴伊知道了这个情况，向他伸出了援助之手，在经济上和精神上都给予了他很大的帮助。在老师的帮助下，纪伯伦又能专心致力于写作、绘画，并且开始酝酿散文诗《泪与笑》：

我不想用人们的欢乐将我心中的忧伤换掉；

也不愿让我那发自肺腑怆然而下的泪水变成欢笑。

我希望我的生活永远是泪与笑：

泪会净化我的心灵，让我明白人生的隐秘和它的深奥；

笑使我接近我的人类同胞，它是我赞美主的标志、符号。

泪使我借以表达我的痛心与悔恨；

笑则流露出我对自己的存在感到幸福和欢欣。

纪伯伦的前期创作以小说为主，后期创作则以散文诗为主，此外还有诗歌、诗剧、文学评论、书信等。《先知》是纪伯伦步入世界文坛的顶峰之作，曾被译成20多种文字在世界各地出版，十分畅销。作品以一位智者临别赠言的方式来传达自己的思想，充满比喻、哲理和东方色彩，书中还附有纪伯伦亲手绘制的具有浪漫情调和深刻寓意的插图。

文学与绘画是纪伯伦艺术生命的双翼。纪伯伦的画风和诗风一样，都受英国诗人威廉·布莱克的影响，所以文坛称他为"20世纪的布莱克"。

1908年至1910年，纪伯伦在巴黎艺术学院学习绘画艺术期间，罗丹曾肯定而自信地评价他："这个阿拉伯青年将成为伟大的艺术家。"纪伯伦的绘画具有浓重的浪漫主义和象征主义色彩。在东方文学史上，纪伯伦的艺术风格独树一帜。他的作品多以"爱"和"美"为主题，通过大胆的想象和象征的手法，在美妙的比喻中启示深刻的哲理。另一方面，纪伯伦风格还表现在他极有个性的语言中。他是一个能用阿拉伯文和英文写作的双语作家，而且每种语言都运用得清丽流畅，其语言风格征服了一代又一代的东西方读者。

纪伯伦还是阿拉伯近代文学史上第一个使用散文诗体的作家，并组织领导过阿拉伯著名的海外文学团体"笔会"，为发展阿拉伯新文学做出过重大贡献。

纪伯伦是一位热爱祖国、热爱全人类的艺术家。在生命最后的岁月，他写下了传遍阿拉伯世界的诗篇《朦胧中的祖国》。他曾说："整个地球都是我的祖国，全部人类都是我的乡亲。"他反对愚昧和陈腐，他热爱自由，崇尚正义，敢于向暴虐的权力和虚伪的圣徒宣战；他不怕被骂作"疯人"，呼吁埋葬一切不随时代前进的"活尸"；他反对无病呻吟、夸夸其谈，主张以"血"写出人民的心声。

　　作为黎巴嫩的文坛骄子，作为哲理诗人和杰出的画家，纪伯伦一生颠沛流离，贫病交迫，并且始终未婚。在他短暂而辉煌的生命之旅中，这位历经磨难的天才，却将残酷的现实当圣殿，把爱与美当信仰，深情地为生命献上一朵玫瑰。他和泰戈尔都是近代东方文学走向世界的先驱，是"站在东西方文化桥梁上的巨人"。还有评论说："上帝的先知于其身复活。"美国人曾称誉纪伯伦"像从东方吹来横扫西方的风暴"，而他带有强烈东方意识的作品被视为"东方赠给西方的最好礼物"。

佳作链接

孩　子

　　一位怀中抱着孩子的妇女说："请给我们讲讲孩子。"

　　他说：

　　你的孩子其实不是你的孩子。

　　他们是生命为自己求得的子女。

　　他们借你而来，但不是从你而来。

　　他们与你同在，但并不属于你。

　　你可以给他们爱，但并不能给他们思想。

　　因为他们有自己的思想。

　　你可以庇护他们的身体，但庇护不了他们的灵魂。

　　因为他们的灵魂栖息于明日之星，那是你在梦中都无法到达的地方。

　　你可以努力模仿他们，但不要试图让他们像你。

　　因为生命从不倒退，也不滞留在过去。

　　你是弓，你的孩子是弦上射出的生命的箭矢。

　　射手瞄准无限路途上的目标，用力将你拉满，以使他的箭矢迅速飞远。

　　请你欣然在射手手中弯曲吧，

　　因为他既爱飞出的箭，也爱稳健的弓。

花之歌

我是大自然的话语，大自然说出来，又收回去，把它藏在心间，然后又说一遍……

我是星星，从苍穹坠落在绿茵中。

我是诸元素之女：冬将我孕育；春使我开放；夏让我成长；秋令我昏昏睡去。

我是亲友之间交往的礼品；我是婚礼的冠冕；我是生者赠与死者最后的祭献。

清早，我同晨风一道将光明欢迎；傍晚，我又与群鸟一起为它送行。

我在原野上摇曳，使原野风光更加旖旎；我在清风中呼吸，使清风芬芳馥郁。我微睡时，黑夜星空的千万颗亮晶晶的眼睛对我察看；我醒来时，白昼的那只硕大无朋的独眼向我凝视。

我饮着朝露酿成的琼浆；听着小鸟的鸣啭、歌唱；我婆娑起舞，芳草为我鼓掌。我总是仰望高空，对光明心驰神往；我从不顾影自怜，也不孤芳自赏。而这些哲理，人类尚未完全领悟。

聂鲁达

聂鲁达(1904—1973),智利当代著名诗人。1924 年,他发表成名作《二十首情诗和一首绝望的歌》,自此登上智利诗坛。1971 年,聂鲁达获得诺贝尔文学奖。

小编有话

这不仅是一首爱情诗,也可以看作对自然和生活的倾诉。当繁华落尽时,生命才显现出本来的面目。这首诗寂静中透着沧桑,忧郁中又蕴含着生机。亲爱的朋友,让我们暂且清空思绪,默然享受这寂静带给我们的欢喜,抵达诗人的这份深情。

我喜欢你是寂静的

我喜欢你是寂静的,仿佛你消失了一样。
你从远处聆听我,我的声音却无法触及你。
好像你的双眼已经飞离远去,
如同一个吻,封缄了你的嘴。

如同所有的事物充满了我的灵魂,
你从所有的事物中浮现,充满了我的灵魂。
你像我灵魂,一只梦的蝴蝶,
你如同忧郁这个字。

我喜欢你是寂静的，好像你已远去。
你听起来像在悲叹，一只如鸽悲鸣的蝴蝶。
你从远处听见我，我的声音无法企及你。
让我在你的沉默中安静无声。

并且让我借你的沉默与你说话，
你的沉默明亮如灯，简单如指环。
你就像黑夜，拥有寂寞与群星。
你的沉默就是星星的沉默，遥远而明亮。

我喜欢你是寂静的，仿佛你消失了一样，
遥远且哀伤，仿佛你已经死了。
彼时，一个字，一个微笑，已经足够。
而我会觉得幸福，因那不是真的而觉得幸福。

（李宗荣　译）

师生在场

师：这首诗是聂鲁达写得最哀美轻盈的一首诗，寂静中透着沧桑，沧桑中又蕴藏着无限生机，恬淡的笔触流露出淡淡的忧伤和深沉的爱恋。爱让人无所畏惧，充满力量；同样，爱也让人患得患失。什么样的爱更深一点？什么样的爱更浅一点？聂鲁达凭心灵的触手捉住了答案。下面，请同学们谈一下对这首诗的读后感受。

生A：诗中把恋人的沉静类比成消失、离去，甚至死亡，突出了恋人的沉默，而恋人的沉默让"我"忧伤和焦虑，但这令人忧伤和焦虑的沉默也是诗人所爱的。

生B：这首诗表达了"我"喜爱恋人的沉默与安静，最后又想打破这种沉静的矛盾心理。"我"在爱恋着你的寂静的同时，又渴望得到你的回应。

生C：巧妙的类比和比喻使这首诗带给人一种哀伤的美的体验。

这种美不仅来自类比和比喻的新颖，还源于作为喻体的意象本身的特性。蝴蝶是美的，星星是美的，恋人的沉默也是美的。

生 D：我认为这首诗不仅仅是一首爱情诗，其内涵可以延伸到自然和生活的方方面面。此外，真正美的不是沉默，而是所爱的人。

短句回响

1. 我要/在你身上去做春天在樱桃树上做的事情。

——聂鲁达《每日你与……》

2. 而诗句坠在灵魂上，如同露水坠在牧草上。

——聂鲁达《今夜我可以写》

3. 当黄昏靠岸，码头格外悲伤。

——聂鲁达《在此我爱你》

4. 没有你眼睑下的光芒，我在夜里/迷了路，而在透明的襁褓里/我再次诞生，主宰自己的黑暗。

——聂鲁达《二十首情诗和一首绝望的歌》

拓展阅读

一次"邮递"，抵达人生
——聂鲁达和《邮差》

《邮差》是"爆炸后文学"巨著，是继加西亚·马尔克斯之后，拉美最负盛名的作家安东尼奥·斯卡尔梅达的倾情巨作。该小说取材于诺贝尔文学奖得主聂鲁达与一位邮差的真实故事。

这是一个悲喜交加的故事。1971年，诺贝尔文学奖得主聂鲁达以其不朽诗句的力量与热情，激荡出一段深切感人的忘年情谊。

青年渔民马里奥偶然得到一份邮递员的差事，但是用户只有一位：在黑岛拥有一套别墅的著名诗人聂鲁达。也正因为这份差事，马里奥和唯一的用户建立了深厚的友谊，从此也改变了自己的一生。

马里奥虽然只读过几年书，但他是一块可以雕琢的璞玉。在诗人的启发下，他痴迷般地热爱上了诗歌。他想方设法地向诗人讨教，宁肯放弃丰厚的小费。诗人用通俗的比喻、极其幽默的语言给予了他诗歌的启蒙，他对高雅的诗歌渐渐领悟。在聂鲁达爱情诗歌的熏陶下，马里奥以充满诗意的纯情爱上了在小酒馆工作的美丽的姑娘比阿特丽斯。他用聂鲁达的爱情诗歌频频向姑娘献殷勤，赢得了姑娘的芳心。正当青年人对未来充满憧憬之时，他们的婚事遭到了姑娘母亲的强烈反对，因为小伙子"除了脚趾上的脚气一无所有"。马里奥求助于聂鲁达，诗人用聪明的"比喻"和这位丈母娘"谚语"的大炮展开了一场舌战。几经波折，有情人终成眷属。诗人聂鲁达也亲自参加了婚礼。

后来，聂鲁达受命赴法国担任驻法大使。一天，马里奥平生第一次收到了一封信和一个包裹，包裹里装的是一个小录音机。原来，聂鲁达想念家乡，他请求马里奥为他录下家乡黑岛的风声、鸟鸣、大浪涛涛、自家清脆的风铃声……忠诚于友谊的马里奥尽心尽力为诗人做了这一切，并连同自己的诗歌习作一并寄给了诗人。1971年，聂鲁达获诺贝尔文学奖，马里奥和他的亲人、乡亲们一道收听了聂鲁达领奖时发表的演说。

1973年，智利右派分子发动军事政变，已回国居住在黑岛的聂鲁达遭到敌人的控制和迫害。马里奥冒着生命危险，绕道海边，来到聂鲁达的家中。在诗人的病床前，他把其他国家发来声援诗人的电报背给他听。诗人什么也没回答，他执意请求马里奥搀扶着他向朝向大海的窗口走去，他要再看看太阳，再看看大海……聂鲁达逝世后，马里奥遭到了军政府的逮捕。若干年后，马里奥发表的诗歌获奖，诗坛上又添了一名年轻的诗人。

切斯瓦夫·米沃什

切斯瓦夫·米沃什(1911—2004),美籍波兰诗人和翻译家,1980年诺贝尔文学奖获得者。其主要作品有诗集《冰封的日子》《三个季节》《冬日钟声》《白昼之光》《日出日落之处》,日记《猎人的一年》,论著《被禁锢的头脑》,小说《夺权》等。

小编有话

这是一首意味深长的诗,它包含了人在阅尽千帆后获得的智慧和欢乐,以及巨大的精神力量。亲爱的朋友,在喧闹、生活步调不断加快的现代社会中,若能静下心来读一首优美的诗,寻求内心的一点点平静感,那该是多么怡人的一件事。《礼物》就是送给尘世中疲惫心灵的安慰。它带给我们心灵的宁静,你我遇到这首诗,是诗人和上苍送给我们的一件最好的礼物。

礼 物

如此幸福的一天。
雾一早就散了,我在花园里干活。
蜂鸟停在忍冬花上。
这世上没有一样东西我想占有。
我知道没有一个人值得我羡慕。
任何我曾遭受的不幸,我都已忘记。
想到故我今我同为一个人并不使人难为情。

在我身上没有痛苦。

直起腰来，我看见蓝色的大海和帆影。

(西川　译)

师生在场

师：在诗里，诗人表明他虽有创痛和不幸，但并非出自个人的恩怨，他还是要挺起身来，面向现实，颂扬美好的生活。一首好诗既可以构思得来，也可能由灵感所赐。《礼物》这首诗将日常生活升华为富有魅力的艺术，几乎不需要任何文字的解释，但它永久地散发出静默而强大的生命力量。为什么米沃什的《礼物》会得到如此高的评价，下面，请同学们谈一下自己的理解。

生A："如此幸福的一天。"《礼物》是这样开始的，非常直白。诗的标题明确地表达了诗人感激和满足的心境。这一行是对全诗的概括，其他八行是对它的诠释。

生B："雾一早就散了，我在花园里干活。/蜂鸟停在忍冬花上。"这两行诗是写实的，人在花园里劳作，蜂鸟也在劳作，这里隐含着赞美的语气。

生C：从第四行到第八行，诗人表达了他的伦理、哲学和历史的观念，他已超越自身，欲望、虚荣、苦难和过去的自我似乎也都被超越了，体现出了一个人最深刻的生活智慧。意味深长，回味无穷。

生D：结尾"直起腰来，我看见蓝色的大海和帆影"，使我想起了陶渊明的"采菊东篱下，悠然见南山"。诗人内心的大平静，使他在任何时候都是幸福的；他灵魂的圣洁与宁静，使他随时能看到属于他的"蓝色的大海和帆影"。这样的结尾，含蓄隽永，意味深长。

短句回响

1. 我不想成为上帝或英雄。只想成为一棵树，为岁月而生长，不伤害任何人。

——切斯瓦夫·米沃什

2. 控制人们的头脑是控制整个国家的关键,语言文字就是制度的基石。

人在经过长时间与自己所扮演的角色磨合之后,就会与该角色紧密地融为一体,以至于后来连他本人都很难区别哪个是他真正的自己,哪个是他扮演的角色。

——切斯瓦夫·米沃什《被禁锢的头脑》

3. 在生活中,我从不惋惜过去,担忧未来,我只关心永恒的现在。准确地说,这就是幸福的定义。

——切斯瓦夫·米沃什《幸福》

4. 真正的语言并不精致。真正的语言是给最终不过是具棺材的公开邀请函,是挑战,是在阳光边缘一直翩翩起舞的痛苦和疯狂。

——切斯瓦夫·米沃什

5. 无论谁想去描画斑驳的世界/让他决不要直接望着太阳/否则他会忘掉见过的事物。/只有燃烧的泪水留在眼中。

——切斯瓦夫·米沃什《太阳》

拓展阅读

流亡诗人:切斯瓦夫·米沃什

切斯瓦夫·米沃什是波兰流亡美国的著名诗人和作家。他出生于当时属于波兰版图的立陶宛维尔诺附近的谢泰伊涅。这是一块隐藏在树木葱翠的山谷中的土地,有森林、湖泊和河流,环境富有诗意。童年时代,米沃什就跟随当土木工程师的父亲去过俄国的许多地方,富有诗意的大自然和后期的万里之行都触动了米沃什,并深深影响了他的诗歌创作。米沃什曾在一次采访中说:"为什么谈论童年时光时,有人充满了幸福感,另外一些人则感到痛苦?我对童年生活的鲜明记忆和强烈情感使我相信它的真实可靠。我可以毫不犹豫地说,农场给我的印象是,它几乎就是大地上一座美好的伊甸园。"快乐的记忆在我们的身体里扎下了根,童年的幸福经历会伴随人的一生。

1933年,他出版了第一本诗集《冰封的日子》。从早期作品的主题中，我们已经可以看出他后来写作风格的端倪：通常是结合了现实经历，从历史视角出发，以田园诗兼启示录式的手法表现出简洁意象。米沃什也因《冰封的日子》而获得奖学金，后赴巴黎留学两年。学成归国后，他在华沙的波兰电台工作，并于1936年出版了第二本诗集《三个冬季》。

第二次世界大战期间，波兰被法西斯德国侵占，他亲眼目睹了波兰人民的灾难，华沙城在德寇的破坏下变成了废墟，二十万人在机关枪的扫射下倒下。面对着残酷的现实，诗人关心着遍地创伤的国土和骨肉同胞的命运，他积极参加波兰的抵抗运动，在沦陷的华沙与法西斯德国进行了艰苦的斗争，并编写了一本抗德诗集《无敌之歌》。

第二次世界大战后，他曾任波兰驻美使馆和驻法使馆的文化参赞，这一时期，他翻译了艾略特、惠特曼等人的作品。1951年后，米沃什自我流放到西方。1953年，他在巴黎出版了一本社会政治学方面的论著《被奴役的心灵》，赢得了国际声誉。1955年，他出版了小说《夺权》，获欧洲文学奖。从此，他的作品被译成许多种文字。

1960年后，米沃什定居美国，在加利福尼亚大学伯克利分校任斯拉夫语言文学系教授。1973年，他出版了收录早期诗作的《诗选》，1974年出版了晚期诗选《冬日钟声》，并获了1978年美国奥克拉荷马大学颁发的"当代世界文学季刊奖"。

米沃什在三十多年的流亡中，过的"是一种与城市大众隔离的生活"。他自称是"一个孤独的人，过着隐居的生活"。瑞典文学院在1980年授奖仪式上的欢迎词中这样评价米沃什："米沃什是一位难懂的作家，用最恰切的字眼来形容——其文学作品庞杂而渊博，激烈而又幽深，而且在不同的气氛与层次中善于变幻：由悲哀到愤怒，从抽象到具体。他是一位重要的作家，他之所以能引人入胜，当然不仅仅是因为作品的驳杂。"他"以毫不妥协的敏锐洞察力，描述了人类在剧烈冲突世界中的赤裸状态"。东欧文学权威约瑟夫·布罗德斯基曾高度评价米沃什，说他是"我们这个时代最伟大的诗人之一，或许是最伟大的"。

1989年后，诗人结束了近三十年的流亡生活，回到波兰，此后一直住在克拉科夫，并于2004年8月14日在克拉科夫的家中去世，享年九十三岁。

佳作链接

一小时

阳光下闪亮的叶子,黄蜂热切的嗡嗡,
从远处,从河流外的某处,延绵回声
和并不急迫的锤击声不仅给我带来愉悦。
五官打开之前,远在一切开始之前
它们就等着,准备好了,迎接那些自我命名的人类,
为了他们会像我一样赞美,生活,它就是,幸福。

幸　福

多么温暖的光啊!从明亮的海湾
桅樯,像云杉,缆索静卧
在晨雾中。溪流喧闹着
流入大海,通过一座小桥——一支长笛。
远处,在古代废墟的拱门下
你看见一些小小的走动的人形。
有个人戴着红头巾。树林,
城壁和群山都在这清晨之刻。

詹姆斯·赖特

詹姆斯·赖特(1927—1980),生于俄亥俄州马丁斯渡口。他的诗集《树枝不会折断》是 20 世纪 60 年代最有影响的诗集之一,其《诗歌集》于 1972 年获得普利策诗歌奖。赖特深受中国唐朝王维等诗人的影响,其诗歌神秘、细腻、飘逸而生动,对自然和人性的关注使其诗颇具"天人合一"之美。

小编有话

诗人对大自然中的景物有一种特殊的敏感,从而产生共鸣。蝴蝶、清风、深谷、牛铃所构成的唯美的画面,让诗人深深陶醉,并融入其中。此刻,虚度时光,消磨自己,又有何过错?如果生命重新开始,想必我们对此生还是不满意。

在明尼苏达州松岛威廉·杜菲的农庄躺在吊床上所作

在我头顶,一只青铜色的蝴蝶,
在黑色的树干上安眠,
像一片叶子在绿影中展开。
在空屋后面的山谷中,
牛铃声接连不断
传向午后的远方。
在我后面
在一块充满阳光的田地中两棵松树间,

詹姆斯·赖特

去年的马粪

燃烧成金黄的石头。

我仰面躺下,当暮色渐浓,一片苍茫。

一只雏鹰飞过,寻找着归巢

我在浪费我的生命。

(顾子欣 译)

师生在场

师:这首诗将我们引入一个静谧的世界中,诗人热爱大自然,善于捕捉大自然景色中最有意义的细节,赋予自然景色以深层意识的暗示,试图从大自然中找到安宁。这首诗的艺术生命力非常强盛,除了诗歌自身所彰显的极具普遍性审美价值的艺术特性外,它还是诗人富有独特魅力的艺术之路和个人美学理想的浓缩体。下面,请同学们谈一下初读感受。

生A:青铜色的蝴蝶睡在黝黑的树干上,如同叶子在绿荫中飘摇。这强烈的色彩、凝重的意象,给人一种苍凉感。大概只有诗人才能捕捉到天地间这样细微的景色。

生B:牛铃声传入下午的深渊,渐次远去。在这里,诗人将寂寞与寥落由清脆的牛铃声来放大。

生C:我认为诗人之所以写躺在吊床上,不仅是悠闲,也有宿命的意味。可"我"又不甘于这平庸,就让一只鹰四处飘荡,惘然地寻觅归巢。

生D:我认为结尾的突兀也正是这首诗的魅力所在。"我"躺在吊床上的那一刻,思维被清空,灵魂被放倒,任自己在那一刻就那么慵懒下去。其实,人都有消磨自己的片刻,想想这也不是过错。

师:"我在浪费我的生命。"对于诗歌来说,尤其是篇幅很短的诗作,好的结尾往往决定了作品的优秀度与经典性。诗的结尾恰好反映了诗人既喜又悲、一言难尽的复杂情绪。

短句回响

1. 这次，我已把肉体抛在了身后，/在它黑暗的荆棘中哭喊。/然而，/这世界仍存在美好的事物。/黄昏。/触碰面包的/是妇女双手美好的黑暗。/一棵树的灵开始运行。/我触摸树叶。/我闭上眼，想起了水。

——詹姆斯·赖特《尝试祈祷》

2. 我独自站在一棵老树旁，不敢呼吸，也不敢动。我聆听着。

——詹姆斯·赖特《开始》

3. 如果我肩上戴一朵白玫瑰/回到我唯一的国度/那对你来说又是什么？/那是开花的/坟茔。

——詹姆斯·赖特《生命》

4. 突然，我感到/如果我走出自己的身体，我会/开出花来。

——詹姆斯·赖特《祝福》

5. 我点了点头，在我写下"晚上好"时。有些孤独，有些想家。

——詹姆斯·赖特《北达科他州，法戈城外》

拓展阅读

"忏悔"诗人：詹姆斯·赖特

詹姆斯·赖特是美国当代著名诗人，"新超现实主义"（"深度意象"）诗歌流派主将之一，曾师从大诗人罗伯特·弗罗斯特。他以抒情短章闻名于世，热爱自然，深受中国唐朝王维等诗人的影响。他善于捕捉大自然景色中最有意义的细节，并将其田园式的新超现实主义建立在强有力的意象和简洁的口语之上，赋予自然景色以深层意识的暗示，试图唤起超脱现实返回大自然的欲望，从大自然中找到安宁。其诗歌神秘、细腻、飘逸而生动，对自然和人性的关注使其诗颇具"天人合一"之美。

赖特还拥有一种任意重塑其写作风格的能力，他可以轻而易举地从一个阶段跨越到另一个阶段。他早期的作品遵循传统的韵律和诗节的规律，后来的作品则呈现出一种更加开放、更加随意的形式。例如，《树枝不会折断》是20世纪60年代最有影响的诗集之一。

幼时目睹的贫穷和苦难，深深地印在赖特心中，并影响了他的写作风格，使其习惯用诗歌创作来表达他对政治和社会问题的忧虑。赖特早期著作(《绿色长城》以及《圣犹大》)主要是描写那些失去爱的男女，以及那些因贫穷而被社会边缘化了的人们。这些无家可归的穷人、被剥夺了公民权的印第安人、非裔美国人，迫使赖特冲出他在以往诗歌中形成的自我的声调，创作出一种由不连贯的忏悔、带有抒情色彩的感悟、支离破碎的洞察以及带有讽刺意味的旁白粗暴地交织在一起的混合物。在赖特的诗歌中，这些被遗忘的人们邀请读者进入他们的世界，体验他们那种被隔离的痛苦。

1971年，赖特被选为"美国诗歌学会"会员。第二年，他的《诗歌集》获得了普利策诗歌奖。他还曾获得洛克菲勒基金的资助。

虽然赖特获得的奖项和荣誉越来越多，但是他依然用一种刻意的"弱势"态度去写他那"充满忏悔的"诗歌。早在20世纪50年代末到60年代初，他就曾凭借"充满忏悔的"诗歌引起极大的重视——他突破了过去那种单纯的个人经验，在诗歌中提出有关社会正义的问题。赖特于1973年出版了诗集《两位公民》，"公民"一词体现着他想要扩及他人的责任感和人格尊严。

1979年，赖特长期患有的咽喉痛被诊断为舌癌。1980年3月25日，赖特在纽约病逝，此时，他刚刚完成《旅行》的手稿。

佳作链接

重到乡间

白房子静悄悄。
友人尚未得到我的消息。
田边秃树上住着的那只啄木鸟
啄了一下，又是长时间的静默。

我独立在黄昏中。
脸背着夕阳,
一匹马在我长长的影子里吃草。

分　离

你的不存在穿过我,
有如丝线穿过针眼。
我做的一切都缝上了它的颜色。